天劍無缺 천검무결

매은 新무협 판타지 소설
FANTASTIC ORIENTAL HEROES

쳔검무별 6
매은 新무협 판타지 소설

초판 1쇄 찍은 날 § 2010년 2월 26일
초판 1쇄 펴낸 날 § 2010년 3월 4일

지은이 § 매은
펴낸이 § 서경석

편집장 § 문혜영
편집책임 § 서지현

펴낸곳 § 도서출판 청어람
등록번호 § 제1081-1-89호
등록일자 § 1999. 5. 31
어람번호 § 제2-1896호

주소 § 경기도 부천시 원미구 심곡2동 163-2 서경B/D 3F (우) 420-822
전화 § 032-656-4452 팩스 § 032-656-4453
http://www.chungeoram.com
E-mail § chungeoram@chungeoram.com

ⓒ 매은, 2009

ISBN 978-89-251-2102-4 04810
ISBN 978-89-251-1833-8 (세트)

※ 파본은 구입하신 서점에서 교환하여 드립니다.
※ 저자와 협의하여 인지를 붙이지 않습니다.
※ 이 책은 도서출판 청어람과 저작자의 계약에 의해 출판된 것이므로,
  무단 전재 및 유포·공유를 금합니다.

매은 新무협 판타지 소설
FANTASTIC ORIENTAL HEROS

천검무결
天劍無缺

6

되풀이하는 과오

目次

제1장	일촉즉발	7
제2장	핍박	43
제3장	마왕의 요구	105
제4장	반목	147
제5장	되풀이하는 과오	185
제6장	혈연의 굴레	225
제7장	거짓말이다	271

종리세가의 멸문!

겨울과 함께 온 소식은 전 무림을 얼어붙게 만들었다.

명문 중의 명문. 강호 오대세가 중 한 자리를 차지하고 있던 종리세가가 무너진 것이다. 어린아이와 무공을 모르는 아녀자들을 제외한, 가주 이하 모든 무인이 목숨을 잃었다. 이로써 종리세가의 무학이 실전되었으니, 말 그대로의 멸문이었다. 무림사(武林史)에 있어 종리세가라는 이름은 이제 더 적힐 일이 없는 것이다.

화(禍)는 종리세가에서 그친 것이 아니다.

종리세가를 위시한 강소성의 유력 문파들.

삭일파, 강상문, 공오방.

강소 무림을 호령하는 이들 세 문파의 장문인과 주요 고수들은 종리세가에서 그 명을 다하고 말았다. 이들 세 문파는 종리세가를 받들며 강소 무림에서 한 자리를 차지하고 있었는데, 공교롭게도 그 명운마저 세가와 함께한 것이다.

강소 무림은 말 그대로 뿌리째 뽑혀 고사 직전이었다.

"그게 대체 무슨 소리란 말이오!"

쩌렁쩌렁, 건물 전체를 흔드는 고함 소리가 울려 퍼졌다. 소리가 어찌나 큰지 건너편에 앉은 두 장년인이 동시에 귀를 막았다.

말이오— 말이오— 말이—

아직 여운이 가시기 전에, 장년인 중 한 사람이 얼굴을 찡그리며 말했다.

"이런 젠장… 귀 터지겠소."

눈빛은 형형하고 얼굴에는 귀티가 흐른다. 말 한마디, 손짓 하나에도 품격이 서려 있으니 한눈에 보아도 명가의 출신임을 알 수 있다. 그러나 묘하게도 함께해야 할 올곧은 기상은 보이지 않았다. 장년인의 미간에는 대신 교활함이 자리 잡고 있었으니 그가 바로 사천당문의 수장, 독왕 당사윤이었다.

당사윤은 귀에서 손을 떼며 말했다.

"이렇게 조용한 실내에서, 우리말고 또 누구 들으라고 고래고래 소리를 지르시오? 좌우지간 팽 형 성질머리는 어째 해가 가도 그대로요?"

휙!

고함을 지른 장본인이 고개를 돌렸다.

역시나 오십대 초중반으로 보이는 사내는 칠 척 거구로 목소리만큼이나 큰 덩치를 자랑하고 있었다. 선 굵은 호남형의 사내는 부리부리한 눈으로 당사윤을 쏘아보고 있었는데, 그 눈빛이 마치 잡아먹을 듯 매서웠다.

천하에 누가 감히 독왕을 쏘아본단 말인가? 그러나 날카로운 눈빛을 받는 당사윤은 오히려 그만두라며 손을 흔들 뿐이었다.

"그만두시오. 내가 무슨 미인이라고 그리 뚫어지게 쳐다보고 그러시오?"

당사윤이 오히려 농으로 받아치자, 사내가 다시 입을 열었다.

"실없는 소리는 그만두시오! 내가 성질이 안 나게 생겼소?"

사내는 그러면서 손가락을 들었다. 두꺼운 검지가 당사윤의 맞은편에 앉아 있는 사내를 가리켰다.

"맹주라는 작자가 제 밑에 있는 애송이 하나 통제하지 못한다는 게 말이나 되냔 말이오!"
 손가락 끝에 걸린 사내.
 정파 무림맹주, 아니, 그 이전에 권왕이어야 할 우진은 말이 없었다. 굳어 있는 얼굴에는 애써 감출 필요가 없다는 듯 불쾌한 감정이 고스란히 드러나 있었다.
 "……"
 삿대질을 당하고도 우진은 여전히 말이 없었다.
 그 모습이 사내를 더욱 자극했는지, 다시 한 번 큰 소리가 터져 나왔다.
 "왜 말이 없소? 입이 있으면 말을 해보시오!"
 비로소 우진이 입을 열었다.
 "나는 할 말이 없소. 애초에 두 분이 찾아오셨으니 할 말이야 두 분에게 있는 것 아니오?"
 "할 말이 없다고?"
 반문하는 사내의 말이 짧아졌다. 그러나 우진은 아랑곳하지 않고 말을 이었다.
 "나라고 생각이 없지는 않소. 그런데 두 분이 다짜고짜 찾아와서 이렇게 나를 죄인 취급하며 추궁하는데 대체 무슨 말을 하라는 거요?"
 "아랫사람의 허물은 윗사람이 짊어져야 함이 당연한 일 아닌가!"

"모용천은 맹원의 자격을 박탈당한 지 오래인데 무슨 말씀인지 모르겠군. 그렇게 따지면 종리세가도 무림맹의 일원이니 집안싸움이나 마찬가지 아니오? 아무리 팽 선배라지만 남의 일에 이래라저래라, 보기 좋은 일은 아니외다."

우진에게서 팽 선배라고 불린 장년인, 하북팽가의 가주이며 그보다는 도왕이라는 이름으로 더 잘 알려진 사내, 팽요색이 언성을 높였다.

"뭐라?"

팽요색의 눈썹이 꿈틀거렸다. 불편한 심기를 부추기듯 우진이 비아냥거렸다.

"왜 그러시오? 종리세가는 정식으로 무림맹에 가입했는데, 내 말이 뭐 잘못됐소? 혹시 팽 선배는 종리세가를 하북팽가의 아랫사람이라고 생각했던 건 아니오? 같은 오대세가라 여긴다면 이럴 수 없지."

쩌저저적!

우진의 말이 끝나기 무섭게 세 사람 사이에 놓여 있던 원탁에 금이 가기 시작했다. 금은 마치 나무뿌리가 자라나듯 팽요색의 손바닥이 놓인 곳으로부터 건너편의 우진을 향해 뻗어갔다.

서걱!

무섭게 뻗어나가던 금이 멈춰 섰다. 아니, 더 이상 뻗어나갈 길을 잃어버리고 말았다. 당사윤이 원탁을 반으로 잘라 버린 것이다.

"진정들 하시구랴, 진정들."

"당 형! 내가 지금 진정하게 생겼소?"

"나까지 싸잡아 말하지 마시오."

"허어, 이것 참……."

천하의 독왕이 중재를 하고 나서는데도 나아질 기미가 조금도 보이지 않는다. 그도 그럴 것이 당사윤을 사이에 두고 대립하는 두 사람이 권왕과 도왕이지 않은가?

우진의 싸늘한 말이 이어졌다.

"모용천에 대해서는 나도 할 말이 없소. 애초에 통제하지 못한 것도 잘못이고, 척살령을 내리고 완수하지 못한 것도 잘못이겠지. 하지만 종리세가에 대해서는 누구도 나에게 뭐라 하지 못할 것이오."

우진이 말을 마치자 당사윤은 물론, 화가 머리끝까지 솟았던 팽요색도 입을 다물었다. 종리세가의 멸문은 상당 부분 그들 자신에게 원인이 있었고, 팽요색 또한 그 사실을 잘 알고 있었다.

모용천이 호북양가의 며느리를 납치하고 그를 저지하려던 정파 무림맹 동도들을 무참히 살해한 것은 분명 변명의 여지가 없는 일이다. 이 일로 모용천은 무림 공적의 낙인이 찍혔고, 짧은 기간 일구어낸 믿을 수 없는 업적들도 모두 물거품이 되고 말았다.

게다가 누구나 알다시피, 모용천을 낳은 모용세가는 스스로 쇠퇴하여 강호에서 밀려난 지 오래. 그 명맥이 끊어지지 않았음을 사람들이 기이하게 여길 정도였다. 비록 모용천이라는 희대의 천재를 배출하였다 해도 모용세가의 역량은 크게 달라진 것이 없었던 것이다. 어쩌면 그리도 초라한 배경이 모용천을 더욱 꾸며주는지도 모를 일이었지만.

어쨌든 그렇게 초라한, 세가라고 부르기도 민망할 정도로 힘없는 모용세가를 겨냥한 종리세가의 처사는 많은 사람들의 반감을 불러일으키기에 충분했다. 그것이 비록 모용천을 단죄하기 위해서라 할지라도, 단지 그것만으로는 명분이 턱없이 부족한 게 사실이었다.

모용천이 저지른 죄과 중 종리세가에 직접적인 피해를 준 것은 없었기 때문이다. 또한 그들이 모용천을 직접 노린 것이 아니라 그 뒤에 있는 힘없는 두 사람—유 총관과 모용담—을 인질로 삼았으니 누구도 그를 두둔할 수 없는 노릇이었다.

이런 전후 사정이 명확했으니 팽요색과 당사윤이 더 이상 우진을 다그치기란 쉬운 일이 아니었다.

그러나 할 말을 찾지 못하는 팽요색과 달리 당사윤은 여유롭게 웃으며 입을 열었다.

"하지만 우 장문인, 내 말을 들어보시오."

당사윤의 어조는 은근하였으나 보이지 않는 가시가 있었다. 맹주가 아닌 장문인이라는 칭호로 우진을 불렀으니, 정파 무림맹이라는 단체를 인정할 수 없다는 뜻이 아니겠는가?

그 속을 짐작한 우진의 미간에 노기가 서렸으나, 당사윤은 짐짓 모르는 척 무시하며 말을 이었다.

"종리세가가 우 장문인의 경고를 무시하고 제멋대로 움직인 것은 강호인이면 모두가 아는 일이오. 나 또한 굳이 그 일로 우 장문인을 나무랄 생각은 없소. 하지만 그 원인이 무엇인지 생각해 보셨소?"

"원인이라니, 그게 대체 무슨 말이오?"

"종리 가주가 비록 강직한 편은 아니지만 사리판단이 어둡거나 분별이 없는 사람은 아니오. 그가 이렇게 극단적인 판단을 한 이유가 무엇인지 생각해 보지 않았느냐는 말이오."

"……"

대답이 늦다. 당사윤은 기다리지 않고 이어 말했다.

"천하인들의 비난과 성토를 감수하면서까지 그러한 선택을 한 까닭이 무엇이겠소? 그럴 수밖에 없는 상황에 몰려 있었기 때문이 아니겠소? 그렇다면 그런 막다른 곳까지 종리 가주를 몰아넣은 게 누구겠소?"

"……"

한 번 닫힌 우진의 입은 쉬이 열리지 않았다. 당사윤은 차 한 모금으로 입을 적시고 다시 말했다.

"따지고 보면 우 장문인이야말로 작금의 사태를 불러온 장본인이지 않소? 모용천이라는 자를 데려다 우리 오대세가를 흔들어놓고, 제갈세가와 종리세가를 무림맹에 영입하였으면서도 그에 합당한 대우를 해주지 않았지. 그저 개인의 무위만 믿고 까부는 애송이 놈을 추켜세우느라 정신이 없었으니, 과연 우 장문인이 종리 가주를 탓할 자격이 있느냐 말이오."

"……"

"이러고도 책임이 없다고 할 수 있소? 아니지, 아니야! 사람의 탈을 쓰고 그런 식으로 나올 수는 없음이야! 내 말이 틀렸다면 어디 말해보구려. 얼마든지 들어줄 터이니."

은근하던 어조는 어느새 날카로운 비난으로 바뀌어 있었다. 우진은 애써 담담하게 대답했다.

"두 번 말하게 하지 마시오. 이 일에 대해서 나는 달리 할 말이 없소이다."

"그럼 내 말에 동의하지 못하시겠다는 거요?"

"동의하든, 그렇지 않든 무슨 상관이란 말이오? 내가 뭐라한들 두 분의 마음에 들지 않으면 그만인 것 아니오? 어차피 두 분 마음대로 하실 거면서 뭘 그리 따지고 드시는지 난 정말 이해할 수 없소이다."

콰직!

앉은 자세로 팽요색이 넘어진 반쪽의 탁자를 밟았다. 삶은 감자처럼 으깨어진 탁자의 잔해를 딛고, 팽요색은 분연히 일어났다.

"정녕 말이 통하지 않는군!"

당사윤도 포기한 듯, 미간을 찌푸리며 따라 일어났다.

"끝까지 그런 식으로 나오시겠다?"

"마음대로들 생각하시오."

파지직!

당금 무림에서 가장 높은 곳에 올라 있다는 세 사람이다. 그들의 시선이 허공에서 충돌하니 보이지 않는 불꽃이 튀고 파열음이 들리는 듯했다.

사실 팽요색과 당사윤도 우진이 순순히 잘못을 인정할 거라는 기대를 하고 찾아온 것은 아니었다. 우진 또한 마찬가지로, 무슨 말을 하든 두 사람은 자신을 비난할 것임을 알고 있었다. 일 다경 남짓 오간 대화는 실로 껍데기에 불과했다. 자연히 이 순간 세 사람의 머릿속에는 한 가지 생각뿐이었다.

대화란 말이 아니라 주먹과 쇠붙이로 하는 것이다.

각기 존경받는 명숙이오, 한 문파를 이끄는 단체의 수장인

자들이다. 그러나 결국 그 본질은 싸움을 즐겨하는 무인일지니 이런 껍데기뿐인 언어의 왕래가 성에 찰 리 있을까! 차라리 지금 당장 주먹을 들이밀고 칼날을 세우며 암기를 뿌리는 것이 누구에게나 마음 편한 일일 것이다.

같은 생각, 같은 마음이 세 사람의 머릿속을 오가고 가슴속을 헤집는다. 이 중 누구 한 사람이라도 출수한다면, 손끝 하나라도 적의를 담아 움직인다면 화약고 터지듯 대충돌이 일어날 것이다. 그러나 두렵지 않다. 아니, 오히려 원하는 일이다. 누구라도, 내가 아닌 두 사람 중 한 사람이라도 먼저 움직여 준다면!

"……."
"……."
"……."

그러나 그것은 머릿속에서나 가능한 일이다. 이제 와 무인의 본성을 일깨운들 무슨 소용이 있단 말인가. 순간의 해방감 이후에 밀어닥칠 공허함은 감당할 길이 없다. 그걸 모를 만큼 미숙한 자가 없다는 것이 이들에게는 불행이었다.

"우 장문인의 뜻은 충분히 알았으니 이만 물러가겠소."

팽요색이 먼저 등을 돌리고, 당사윤이 석연찮은 얼굴로 말했다. 우진은 고개를 끄덕이며 대답했다.

"멀리 나가지 않겠소."

당사윤도 마주 고개를 끄덕이고 문을 나섰다.

"……."

한차례 광풍이 지나간 듯 방 안이 엉망이었다. 우진은 가만히 앉아, 부서진 탁자 잔해와 의자들로 어지러운 방 안을 보다 사람을 불렀다. 뇌운락과 종성리, 신유결까지 세 사람의 제자가 들어왔다.

"부르셨습니까?"

우진의 열두 제자 중 아홉 사람은 무림맹의 이름을 짊어지고 곳곳에 파견을 나가 있어, 무한의 본영에 남아 있는 자는 이 세 사람이 다였다.

"놈의 행방은 찾았느냐?"

우진이 뇌운락을 바라보며 말했다. 뇌운락은 황급히 고개를 숙이며 대답했다.

"그, 그것이 아직……."

"사람 하나 찾는 일이다. 조용히 숨어 다니는 놈도 아니고, 어디를 가든 눈에 띌 수밖에 없는데 뭐가 어려워서 찾지를 못하고 있단 말이냐?"

우진의 낮은 음성이 바위처럼 두 어깨를 짓누른다. 뇌운락을 비롯한 세 사형제는 약속이나 한 듯 고개를 들지 못했다. 뇌운락과 종성리가 서로 눈치만 볼 뿐 감히 나서질 못하니, 보다 못한 신유결이 입을 열었다.

"모용천은 종리세가 이후 돌연 자취를 감추었습니다. 전 무림의 주목을 받는 처지에, 종리세가를 멸문시킨 과가 있으니 스스로도 몸을 숨길 필요를 느꼈을 것입니다."

"이 사부는 어디서 무얼 하고 있느냐?"

"그가 문제입니다."

문제가 되는 이 사부란 개방의 젊은 방주, 이소를 말함이다.

"문제라니?"

우진이 눈살을 찌푸리며 물었다. 신유결은 신중한 어조로, 단어 하나하나 골라가며 말했다.

"정확히 말하기는 어려우나, 이 사부가 방주로 취임하고부터 개방에서 넘어오는 정보의 질이 조금씩 떨어지고 있습니다. 본 맹을 대하는 태도 또한 눈에 띄게 달라졌습니다."

정파 무림맹이 영향력을 행사하는 데 가장 중요한 자원은 물어볼 것도 없이 정보다. 이를 뒷받침하는 것이 바로 궁 안의 일도 나라님보다 먼저 안다는 개방이었는데, 방주가 교체되었다고 방의 방침이 확연히 달라지는 것은 생각하기 어려운 일이었다.

그런데 그 일이 실제로 일어난 것이다.

"특히 모용천의 행방에 대해서는 아직까지도 들어온 소식이 없다고 하는데, 이를 곧이곧대로 믿을 수 있을지가 의문입니다. 더구나 강소성의 맹원들은 종리세가에서 죽거나 귀환하지 않고 도망친 이들이 태반이니 달리 모용천에 대한 정보를 얻을 길이 없습니다. 본 영과 가까운 지부에서 사람을 파견하긴 했으나 행적을 파악하기에는 시간이 더 필요할 것입니다."

"개방이 본 맹에 등을 돌리려 한다는 말이냐?"

무림맹에 가담한 구파일방이 모두 중하다고는 하나 그중에서도 개방이 차지하는 비중은 남다르다. 굳이 묻는 우진의 목소리에 보기 드문 초조함이 서려 있었다.

"예."

신유결이 대답했다. 우진은 크게 한숨을 내쉬고 이소의 행방을 물었다.

"그렇다면 이 사부는 대체 어디 있느냐? 어서 전령을 보내 본 영으로 돌아오라 해라."

"이 사부의 행적도 묘연합니다."

"뭐라?"

점입가경이다. 우진은 관자놀이를 강하게 문지르며 날이 좋지 않다고 생각했다. 아침부터 팽요색과 당사윤이 쳐들어와 속을 긁어놓질 않나, 수하들은 무능함을 뽐내지 않나.

우진은 눈을 감고 이야기했다.

"그렇다면 어서 찾아야지, 뭘 하고 있는 게야? 맹원의 소재

하나 몰라서 어찌 맹이라 칭할 것이냐? 어서 이 사부를 찾아라. 모용천은 그다음으로 미뤄도 늦지 않으니."

"알겠습니다."

제자들을 물리고 나자 일하는 자들이 들어와 부서진 탁자를 치우기 시작했다. 우진은 그들에게서 등을 돌리고 앉아 열두 명의 제자를 떠올렸다.

신창권문의 열두 제자는 각기 일류에 준하는 고수이다. 빼어난 무공과 드높은 의기로 어느 한 사람 무림에서 빠지지 않는 자들인데, 그렇다 해도 스승인 우진의 눈에 드는 자는 한 사람도 없었다.

우진이 홀로 무공을 연마해 일대 종사가 된 것도 보기 드문 기사(奇事)이지만, 빼어난 재능을 가진 제자를 받아 자신과 같이 키워내는 일보다 어렵지는 않을 것이다. 어떠한 제자를 받느냐는 사람의 몫이 아니다.

"……."

우진의 머릿속에 자연히 모용천이 떠올랐다.

눈부신, 가늠할 수 없는 자질.

누구도 키울 수 없는, 오직 스스로 빛나는 자.

하늘의 별처럼 많은 무림인 중에서도 그러한 자는 수를 헤아릴 만큼 적다. 모용천은 한눈에 알아볼 수 있는, 빛나는 자질의 소유자였다. 어떤 스승을 모셨어도 절정고수가 될 자였고, 실제로 스승이 없이도 홀로 종리세가를 멸문시킬 수 있는 자가 되어 있지 않은가.

모용천을 떠올리고, 다시 열두 명의 제자를 생각한다.

애초에 모용천을 곁에 두고 쓰려 했음은 단지 그 이용가치를 높게 샀을 뿐이었을까? 그래서, 언제라도 쓰고 버릴 수 있는 패라고 생각했기에 척살령을 내림에 주저가 없던 것이었는지, 아니면 모용천을 아끼는 마음이 컸기에 그 반동 또한 컸던 것은 아닌지.

"......."

권왕 우진.

정파 무림맹주로 우뚝 선 사내는 이제 겨우 사십대 초반에 불과하다. 벌써부터 전인을 생각하고 뒤를 돌아볼 때가 아닌 것이다. 오직 앞으로, 앞으로 시선을 고정하고 뛰어야 할 때이건만 무언가 석연찮은 감정에 발목이 잡힌 기분이었다.

뒤이어 또 다른 자가 떠오른다.

우진 일생일대의 숙적.

그러나 당금 강호에서 누구보다 자신을 이해하는 자.

마왕 황종류.

어떠한 계보도 없이 삐죽 솟아난 우진을 정파 무림인들이 모두 무시할 때, 오직 황종류만이 그를 인정해 주었다. 연배로는 십여 년의 차이가 나지만 그러한 면에서 우진은 황종류를 누구보다 친근하게 여겨온 바다. 비록 생사를 건 결투를 했을지언정 말이다.

'선배나 나나 준비가 더디구려.'

우진은 씁쓸한 미소를 지었다.

세상 사람들이 무공을 빌어 열 사람을 꼽지만, 우진이 보기에 십왕이라는 이름은 허울에 불과했다. 단순히 무위만을 따지면 그러한 나눔이 옳을 수 있다 하겠으나, 그중에 진정 천하를 노릴 자는 자신과 황종류 두 사람뿐이라는 게 우진의 생각이었다.

무림맹과 제마성이라는 커다란 틀을 세운 것도, 따지고 보면 오직 두 사람이서 천하를 다투기 위함이었다. 그 탓에 운신의 폭이 좁아진 것은 자신이 감수해야 할 몫이었지만.

'황 선배라면 아까 같은 상황에서 망설임없이 출수했겠지.'

예고없는 팽요색과 당사윤의 방문. 서로 언성을 높이고 말로써 상처를 입혀도 끝내 누구도 손을 쓰지 못했던 이유를 돌이켜보니 쓴웃음이 절로 나왔다. 하북팽가와 사천당문의 주인들이야 그렇다 쳐도 한낱 낭인으로 시작한 자신마저도 맹주의 자리에 연연하여 그들과 같아졌구나 싶은 것이다.

황종류라면 그러한 제약 따위 거들떠보지도 않았으리라. 정사의 차이를 감안하더라도 그의 자유분방함은 특별한 구석이 있었다.
 "비슷하군."
 누가 누구와? 자신도 모르게 내뱉고 우진은 스스로에게 물었다. 답은 쉬이 나오지 않았다.

                    *   *   *

 종리세가를 멸문시키고 강소 무림을 쑥대밭으로 만든 장본인, 모용천은 강소성 태흥(泰興) 부근의 작은 마을에 머무르고 있었다. 종리세가가 있던 남경과 크게 먼 곳은 아니었지만 유 총관을 데리고 먼 길을 가기가 여의치 않았던 것이다.
 이소는 모용천과 유 총관을 보호하는 데 방주의 권한을 아낌없이 썼다. 장소를 선정하고 거처를 마련하며 이목을 차단하기까지, 모두가 개방 제자들의 몫이었던 것이다.
 작은 강을 끼고 형성된 마을은 십여 채 남짓한 집들이 모여 있었는데 그중 서너 채는 애초부터 비어 있어 때때로 거지들의 거처로 쓰이는 곳이었다. 남아 있는 마을 사람들은 대부분 노인들로, 가끔 머물다 가는 거지에게 딱히 관심을 두는 법이 없어 몸을 숨기는 데에는 이만한 곳이 없었다.

 강이라고 하지만 가장 깊은 곳도 사람 키 정도에 불과해 시내라고 해야 옳을 것이다. 하나 그럼에도 불구하고 그곳에 흐르는 것은 물이요, 향하기 바다 한 곳이니 실 같은 내이든 웅혼한 황하든 무엇이 다를까?

모용천은 강가에 앉아 그 강물의 흐름을 바라보고 있었다.

"……."

한참을 홀로 앉아 있으니 누군가 그에게 다가왔다.

한 사람은 각지고 굳은 얼굴로 바위를 연상시키는 단단한 인상이었고, 또 한 사람은 아주 잘생긴 미남자였다. 바로 절창과 도야객이었다.

"끄응!"

도야객이 앓는 소리를 내며 모용천의 옆에 앉았다. 기소위는 그 반대편에 서서 입을 굳게 다물고 모용천과 함께 흐르는 물을 바라봤다.

두 사람이 다가오는 것을 모를 리 없었지만 모용천은 미동조차 하지 않았다. 일부러 도야객이 저가 왔음을 알렸지만, 모용천은 눈길 한 번 주지 않고 오히려 강물의 흐름에 더욱 집중하는 모습이었다.

'이것 참……!'

좋은 쪽은 아니나 어쨌든 강호에 명성이 자자한 도야객이다. 기소위의 경우야 더 말할 것도 없으니, 둘 다 이제 강호에 나온 지 일 년 남짓인 모용천이 이처럼 무시할 수 있는 선배가 아니었다.

아니, 좌우에 절창과 도야객을 놓고도 멍하니 강물만 바라볼 수 있는 자가 얼마나 된단 말인가?

웬만한 경우라면 당장 뒤통수를 치고 훈계를 하든 흠씬 두들겨 패든 버릇을 고쳐 놓았을 것이다. 그러나 모용천은 은인이나 다름없었으니, 비록 도야객이 종리세가에서 한 번 빚을 갚았다 해도 쉬이 대할 수 없는 게 당연했다.

"……."

향 한 대가 탈 시간이 흐르자 모용천의 눈이 드디어 강물에서 벗어났다. 아주 사소한 변화였으나, 모용천의 움직임을 주시하고 있던 도야객과 절창 또한 그를 놓치지 않고 따라 시선을 옮겼다.

세 사람의 시선이 간 곳.

모용천의 손안에 들린 붉은 봉투였다.

절창의 목소리가 바로 어제처럼 선한 이유는, 그에 수반된 당혹감이 아직도 생생하기 때문일 것이다. 모용천은 조용히 고개를 돌려 절창을 보고, 그날을 떠올렸다.

"마왕의 혼례에 참석해 달라는 초대장이다."

절창은 말해놓고도 무언가 자신이 없는 듯 얼굴을 찡그리고 있었다. 절창의 그런 모습을 본 적이 없어, 모용천은 고개를 갸웃거리며 말했다.

"마왕의 혼례? 마왕이 나를 초대했단 말입니까?"

일면식도 없는 마왕의 혼례에 모용천이 갈 이유가 없다. 아니, 오히려 그는 모용천을 잡으려고 수하들을 부리던 자가 아닌가? 그로 인해 겪었던 고초를 생각하면 모용천이 가서 난장을 피우지 않는 걸 다행으로 여겨야 할 판이다.

절창이 대답했다.

"마왕의 객으로 초대하려는 게 아니다."

"무슨 말씀인지 모르겠군요."

모용천은 고개를 저으며 봉투 안을 들여다봤다. 봉투는 텅 비어 있었다.

"…뭡니까?"

초대장이라더니 정작 내용물은 없고 껍데기뿐이다. 모용천은 절창이 자신을 놀리려는 건지 어쩐지 몰라 눈살을 찌푸렸다.

절창은 모용천을 보며 말했다.

"내용물은 아직 없다. 만들어진 것은 봉투뿐이니까. 혼례 날짜도 잡히지 않았는데 초대장을 쓸 수야 없었겠지."

"무슨 말씀이신지 듣고 있어도 모르겠군요. 날짜도 잡히지 않은 혼례에, 초대장도 없으면서 나를 초대한다는 건 무슨 뜻입니까?"

"물론 마왕이 초대하는 것은 아니다. 너를 초대하려는 건 나다."

"예?"

반문한 것은 모용천이었지만 격한 반응은 뒤에 서 있던 이소와 팽가력에게서 나왔다. 이소는 두 눈이 빠질까 무서울 정도로 튀어나왔고, 팽가력은 얼굴이 새하얗게 질려 있었다.

"지금 그게 무, 무슨 말씀입니까? 기 선배께서 모용 형을 초대하신다니!"

한차례 더듬어가며 팽가력이 물었다.

절창은 팽가력을 거들떠보지도 않고 모용천에게 말했다.

"네 힘이 필요하다. 염치없는 일이지만 부탁한다."

저 절창 기소위의 입에서 부탁한다는 말을 들을 수 있는 자가 당금 강호에 몇이나 될 것인가? 절창이 못하는 일을 대신해줄 수 있는 자가 대체 몇이나 된다고 하는 말인가?

모용천의 생각도 다를 게 없었다. 놀랍기도 하거니와 그 이전에 가당치 않은 일이다. 모용천은 아직도 자신과 절창 사이에 명백한 차이가 있음을 알고 있었다.

"무슨 일인지 모르지만 기 선배가 못하는 일이라면 저도 감당할 수 없을 것입니다. 돌아가 주십시오."

모용천은 정중히 붉은 봉투를 내밀었다. 절창이 받으려 하지 않자, 모용천은 봉투를 그대로 바닥에 떨어뜨리고 몸을 돌렸다. 이소와 팽가력의 사이를 지나쳐 가는 모용천의 등 뒤로 절창의 목소리가 들렸다.

"나를 위해서가 아니다."

"……."

하루 낮밤을 꼬박 싸우고 난 직후다. 몸도 마음도 피곤에 절어 무슨 소리도 귀에 들어올 것 같지 않았다. 그러나 이어지는 절창의 한마디가 힘든 와중에도 귓속을 파고들었다.

"서해영."

멈칫.

절창의 입에서 나온 세 글자, 서해영이라는 이름이 모용천의 발목을 잡아챘다. 제자리에 선 모용천은 고개를 돌려 물었다.

"서 아우? 서 아우를 위해서라고?"

절창은 고개를 끄덕이며 말했다.

"그래. 나를 위해서가 아니라 서해영을 위해서 네게 부탁하는 것이다."

"알기 쉽게 말씀해 주시지요."

모용천의 얼굴에는 피곤한 기색이 가득했으나 눈빛만큼은 베일 듯 날카로웠다.

"그것이……."

절창은 바로 대답하지 못하고 머뭇거리는, 실로 드문 모습을 하루에 두 번이나 보여주었다. 한때 사람들이 모용천을 무애검이라 일컬었으나, 그 이전에 이미 과격하기까지 한 처사로 거침이 없다 불린 것이 바로 절창 기소위였다.

그런 기소위를 주저하게 만드는 것이 십대의 계집아이에 불과하다는 것을 누가 상상이나 할 수 있을까!

사실 기소위가 남경에 온 사실은 제마성의 누구도 모르는 일이었다. 지금쯤 제마성에서는 기소위의 행방을 몰라 한바탕 난리가 났을 것이다. 물론 제마성의 누구도, 설령 황종류라 할지라도 기소위에게 제재를 가할 리 없었다. 단 한 사람, 지금 머릿속에 떠올라 기소위를 머뭇거리게 만드는 서해영을 제외한다면 말이다.

지금 기소위가 남경에 와서 모용천을 만나고 있다는 사실을 서해영이 안다면 도끼눈을 뜨고 흘겨보는 정도로 끝나지 않을 것이다.

'그 성질이라면 칼을 들고 목을 따겠다 설치겠군.'

서해영이 어떻게 나올지 상상하면 절로 쓴웃음이 나온다. 그래도 할 말은 해야 하는 법. 기소위는 웃음을 거두고 모용천에게 말했다.

"마왕의 혼례 상대가 서해영이라는 말이다."

"…그게 정말입니까?"

모용천의 반응이 다소 늦었는데, 물어보는 순서가 기소위의 생각과 달랐다. 기소위가 물었다.

"알고 있었나?"

"짐작은……."

기소위의 예상으로는 서해영이 마왕의 혼례 상대라는 것, 여자라는 것에서 벌써 놀라야 했다. 그런데 모용천은 그를 건너뛰어 마왕과 혼례를 올린다는 것이 정말이냐고 물어봤으니, 서해영이 여자임을 이미 알고 있었다는 뜻이다.

그가 서해영이 여자임을 안 것은 그리 오래된 일이 아니었다. 물론 남자다운 구석이 없고 몸의 태가 부드러운 것에 의심을 품은 것은 오래지만, 북해빙궁에서 서해영을 업었을 때에야 비로소 확신할 수 있었다.

"오히려 잘됐군."

기소위는 속으로 안도의 한숨을 쉬었다. 어쨌든 모용천은 서해영이 여자임을 이미 알고 있었으니 자신의 책임이 아니라고 할 말이 있는 것이다.

"알고 있었다면 설명할 것도 줄어들겠지. 말했듯이 그 아이는 곧 마왕과 혼례를 올릴 예정이다. 그 아이의 가문에서도 이미 합의가 된 사항이지."

가문에서 합의가 되었다고?

모용천은 눈살을 찌푸리며 서해영을 떠올렸다. 어떤 소녀가 제 아버지뻘이나 다름없는 자와 부부가 되고 싶어할 것인가?

 하나 혼인이란 인륜지대사이니 어찌 당사자의 호오에 따를 것인가? 가문에서 용인한 혼인이라면 외인이 왈가왈부할 수 없는 일이다.

 "후우."

 모용천은 한숨을 쉬고 기소위의 눈을 보며 말했다.

 "그래서, 서 아우가 나더러 혼례에 참석해 달라 부탁했다는 말입니까?"

 "아니."

 기소위는 고개를 저었다.

 "이건 내 요청이고 내 바람이다. 이 혼례를 막을 수 있는 건 자네뿐이니까."

 "예?"

 가문과 가문이 연을 맺어 치르는 혼례를 막겠다니, 기소위의 말이 어이가 없어 모용천은 저도 모르게 반문했다.

 "혼례를 막는다니요?"

 "말 그대로다. 이 혼례는 마왕의 일방적인 요청에 의한 것이고, 그 아이는 처음부터 원치 않는 일이었으니까."

 "마왕과의 혼례가 예정되어 있으나 서해영은 그를 원치 않는다. 그러니 나더러 그 혼례를 막으라는, 그런 말입니까?"

 "그래."

"좋습니다, 거기까지는 이해했습니다. 그런데 왜 꼭 저여야 하는 겁니까? 두고 볼 수 없다면 기 선배가 직접 나서야 하는 거 아닙니까?"

"그렇지!"

"모용 형, 전후 사정은 모르겠으나 더 이상 들을 필요 없소. 기 선배의 말이 앞뒤가 맞지 않고 허무맹랑하니 모용 형을 제마성으로 끌어들이기 위한 책략이라고밖에 생각할 수 없소!"

이소와 팽가력이 좌우에서 외치며 모용천의 앞을 막아섰다. 두 사람은 서해영이 누구인지 모르다 보니 아무래도 기소위의 말을 액면 그대로 받아들일 수 없었던 것이다.

팽가력이 모용천을 돌아보며 말했다.

"모용 형, 일이 이렇게 된 데에는 종리세가의 책임도 있다는 걸 세상 사람들 모두가 알고 있소! 만에 하나라도 자포자기해서 그릇된 판단을 해서는 안 될 것이오!"

'그릇된 판단이라니, 무슨 소리를 하는지 모르겠군.'

팽가력은 모용천이 행여나 정파 무림의 핍박을 견디지 못해 기소위처럼 마왕의 수하로 건너가지나 않을까 걱정이 앞선 것이다. 그 말을 앞뒤 잘라먹고 했으니 모용천이 알아듣지 못하는 것이 당연했다.

어쨌든 이소와 팽가력이 앞을 가로막고 나서니 절창도 더 말을 이을 수 없었다. 두 사람을 치우는 것이야 손바닥 뒤집듯 쉬운 일이지만 부탁하러 온 입장으로 경거망동할 수야 없는 일이다.

하나 그렇다고 물러날 거면 예까지 오지도 않았다.

절창 또한 입은 다물고 있어도 물러날 기색이 보이지 않자 모용천은 고개를 저으며 말했다.

"두 분은 물러나시오. 이건 기 선배와 내 이야기니까."

모용천은 팔을 뻗어 두 사람을 밀어내고 기소위에게 한 걸음 다가섰다. 자신의 질문은 아직 답을 받지 못한 것이다. 기소위는 고개를 끄덕이며 말했다.

"사정을 아는 것은 괴로운 일이 될 터인데… 그래도 듣겠나?"

"이제 더 괴로울 것도 없습니다. 말씀하시지요."

정인을 잃고 어버이를 잃었으니, 무엇을 더 괴로워할 수 있겠는가? 모용천은 고개를 가로저으며 말했다.

이윽고 기소위의 대답이 돌아왔다.

"아직인가?"

기소위의 목소리가 모용천을 현재로 끄집어냈다. 모용천은 붉은 봉투를 손 안에서 몇 번 뒤집으며 대답했다.

"제가 가는 걸… 서 아우도 원할 것 같습니까?"

대답이 아니라 반문이었다. 기소위는 곤란한 표정을 지었다.

"그 아이가 원하는 것은 네가 사는 길이겠지."

모용천은 쓰게 웃었다.

더 괴로울 것이 없을 거라 이야기했지만 그마저도 오만했다는 걸 인정해야 했다. 그가 괴로워할 수 있었던 것은 살아 있기 때문이고, 살아 있는 것은 서해영의 희생 덕이었음을 알게 되었으니 말이다.

서해영은 자신에게 남은 일 년이라는 기한을 포기함으로써 모용천을 살렸던 것이다. 스스로 마왕의 부인이 되겠다 자처하여 모용천을 살린 서해영의 마음이 대체 어떠한 것이었을지, 감히 상상할 수도 없었다.

모용천은 자리에서 일어나 기소위를 돌아봤다.

"제가 가면 무엇을 해야 합니까?"

"…마왕과 겨뤄야겠지."

본래 서해영이 마왕에게서 얻은 이 년은 서헤영 본인이 자신의 배필로 마왕보다 합당한, 더 나은 사내를 찾는다는 구실이었다. 물론 마왕이나 서해영 본인이나, 그런 일이 가능할 거라 믿지 않았으니 이는 구실에 불과했지만. 어쨌든 그 약속이 유효하다면, 서해영에게 남은 일 년이나마 되찾아주기 위해서는 모용천이 나설 수밖에 없다.

"일 년이 아니라 그 혼례를 아예 없던 일로 돌릴 수는 없습니까?"

"네가 마왕을 죽이면 되겠지."

"…가능하다고 보십니까?"

"아니."

모용천이 장차 어디까지 성장할지는 기소위도 가늠할 수 없었다. 그러나 당분간은 모용천뿐 아니라 그 누구도 마왕의 적수가 되지 못할 것임을 단언할 수 있었다.

"그러면 저더러 죽어달라는 말씀이시군요."

"본래 사천 땅에서 죽었어야 할 목숨이 아닌가? 자신의 남은 생과 바꿔 너를 살린 아이다. 그것이 아까운가?"

"……"

침묵은 끝나지 않을 것처럼 꼬리를 길게 늘어뜨렸다. 아깝다고? 그럴 리 있나! 그런 치졸한 이유로 주저하는 것이 아니다.

"서 아우가 내 죽음을 원하는 건 아닐 텐데요."

"지금은 그렇겠지만… 결국 내 판단이 옳았음을 알게 되겠지. 아니, 모른다 한들 상관없다."

종리세가 앞에서 만났을 때 주저하던 모습은 사라진 지 오래였다. 기소위의 말이 칼로 자른 듯 단호하니 모용천도 절로 고개가 끄덕여졌다.

'내가 내 목숨을 초개와 같이 여긴들 타인의 마음이 나와 같을 리 없지. 아버지와 그녀는 내 뜻을 묻지도 않고 나를 살리지 않았던가? 내가 지금 서 아우를 살릴 수 있다면 그녀의 뜻을 물을 필요가 없다.'

"그 말씀이 옳⋯⋯?"

절창에게 동의를 표하며 가겠노라 말하려던 모용천이 말을 멈췄다. 동시에, 기소위가 고개를 돌리고 도야객이 자리에서 벌떡 일어났다.

"불청객이군."

"이런! 벌써 노출된 건가?"

강가의 외딴 마을은 무림과 하등의 상관이 없어 한가롭기만 하다. 그 속에서 열흘을 넘게 지냈으니 이질적인 기운에 다들 예민해져 있었다. 아니, 이질적이다 못해 적대적이기까지 한 기운이다.

이소가 마련해 준 거처이니 개방의 제자들이 이토록 위협적인 기를 흩뿌릴 리 없다. 절창의 말대로 이 마을에 다른 무림인이 들어왔다면 모용천에게 우호적인 이일 리 없다.

아니, 모용천에게 우호적인 무림인이 있기나 하단 말인가?

파악!

뭐라 할 틈도 없이 모용천이 앞으로 달려나갔다. 바람은 뒤늦게 절창과 도야객의 옷자락을 들어 올렸다.

"유 총관!"

방문을 부술 듯 열고, 모용천은 소리치며 뛰어들었다.

"왜 그러십니까?"

걱정과 달리 유 총관은 방 안에서 편안한 자세로 망중한을 즐기고 있었다. 모용천은 유 총관의 무사한 모습을 보고 저도 모르게 안도의 한숨을 내쉬었다.

"후우……."

"대체 무슨 일입니까? 빌린 집인데 문 다 부서지겠습니다."

영문을 모르는 유 총관은 오히려 모용천을 타박하며 말했다. 그러나 모용천은 유 총관이 무사하다는 사실 하나로도 감사해, 설령 그가 욕을 한다 해도 상관없을 것 같았다.

"아악!"

가까운 곳에서 비명 소리가 들렸다.

익숙한 목소리. 모용천들과 함께 머물고 있는 개방 방도 중 하나였다.

"이, 이게 무슨 소립니까?"

유 총관이 놀라 물었다. 모용천은 당장 뛰쳐나가려 했지만 그를 혼자 두고 갈 수 없었다. 잠시 망설임 끝에 모용천은 그를 다짜고짜 업었다.

"무, 무슨 일입니까, 소가주?"

따지자면 모용담이 죽은 지금, 모용천을 가주―모용세가라는 말이 아직도 성립된다면―라고 불러야 할 것이다. 그러나 유 총관은 입에 밴 소가주라는 말을 버리지 못하고 있었다.
 "꽉 잡으십시오."
 그 말로도 안심이 안 되는지 모용천은 깍지 낀 유 총관의 두 손을 꽉 잡았다. 앙상한 뼈마디, 그 감촉이 생생하다.
 '이 손은 절대 놓지 않겠다.'
 속으로 중얼거리고, 모용천은 비명 소리가 들린 쪽으로 달려갔다.

소리가 난 곳에는 한 거지가 무릎을 꿇고 고통스러워하고 있었다. 바로 이소가 배치해 놓은 개방 방도였는데, 뒤에는 그의 팔을 제압하고 선 덩치 큰 장년인이 서 있었다.

 '위험하나!'
 쏜살같던 걸음을 본능이 먼저 멈춰 세웠다. 장년인으로부터 정확히 삼십 걸음 앞, 이미 절창과 도야객이 자리한 곳이었다.
 등 뒤에 찬 보도가 아녀자 손에 들릴 식칼로 느껴질 만큼 거대한 몸집. 떡 벌어진 두 어깨로부터 피어오르는 자신감과 기백. '초패왕(楚覇王) 항우(項羽)가 저랬을까?' 하는 의문이 절로 떠오르는 장년인은, 저 절창 기소위마저 삼십 걸음의 간격을 지키게 만들고 있었다.

"네가 모용천이냐?"

절창과 기소위 사이에 멈춰 선 모용천에게 장년인이 물었다. 무겁고 진중한 음성은 짧지만 깊은 울림을 지니고 있었다.

모용천은 유 총관을 내려놓고 대답했다.

"그렇소."

"흥! 과연 듣던 대로 버릇없는 놈이로군!"

졸지에 버릇없는 놈이 되었으나 모용천은 반박하지 않았다. 그보다 장년인의 몸에서 뿜어져 나오는 열기, 모용천을 압박해 오는 웅혼한 기운에 대항하는 것이 우선이었다.

모용천이 진기를 끌어올리며 장년인의 압박에 응대하려 할 때, 절창이 먼저 움직였다.

휘익!

"……!"

절창의 창이 허공에 반원을 그리자 모용천을 짓누르던 기운이 거짓말처럼 사라졌다. 창으로 물을 벤다 해도 놀랄 일인데 그 형체조차 없는 기운을 자를 줄이야!

장년인과 모용천 사이에 창으로 금을 그어놓고, 절창의 입이 열렸다.

"장난은 그만두시오. 먼 길을 왔으면 용건부터 내놓아야지."

"이게 무슨 짓인가."

장년인의 미간에 어두운 기운이 어리고, 음성이 좀 더 낮아졌다. 장년인의 감정이 명백해 누구라도 알 수 있었다. 음성은 비록 평이하였으나 애써 감추지 않는, 그것은 분노였다.

"몰라서 묻는 건 아니겠지."

반면 절창의 말은 건조하기 짝이 없었다. 그것이 장년인을 더욱 분노케 했는지, 즉시 언성이 높아졌다.

"천하의 절창이 마왕의 주구(走狗)가 되었다는 말을 내 끝까지 믿지 않았건만! 이 꼴을 보아하니 믿을 수밖에 없겠군! 저 녀석을 마왕에게 데려가려 한다는 말도 사실이었나?"

"마음대로 생각하시오, 팽 가주."

절창의 입에서 팽 가주라는 말이 나오자, 장년인의 얼굴이 더욱 구겨졌다. 거구의 장년인, 하북팽가의 가주인 도왕 팽요색이 말했다.

"그런 소리를 듣고도 아무렇지 않다니, 자네가 정말 절창이 맞기나 한 건지 의심스럽군."

"뭐라고 말해도 상관없소."

"자네와는 상관없는 일이니 물러나게. 내가 용건이 있는 건 저 애송이 하나뿐이니까."

"용건은 나도 있고, 순서도 내가 먼저요. 당신부터 물러나시오."

팽요색은 나름 좋게 말하려 했으나 절창의 대답이 이토록 꽉꽉하니 더 이상 참기 힘들었다. 팽요색은 대로하며 등 뒤의 칼을 뽑아 들었다.

채앵!

오색의 찬란한 기운이 도신에 어린 보도. 아무리 견식이 없는 자라도 이것이 하북팽가의 보물, 가주의 신물인 참명도(斬冥刀)임을 한눈에 알아볼 것이다.

파지지지지직!

팽요색이 뽑아 든 순간, 착각인지 참명도의 도신으로부터 지극히 패도적인 기운이 오만가지 색을 띠며 사방으로 퍼져 나갔다.

"흐음……."

무거운 신음 소리를 내며 기소위 또한 창을 고쳐 들었다. 그 역시 팽요색의 말마따나 '천하의 절창'이다. 십왕에 가장 가깝다는 사내. 십왕의 한 자리가 창왕으로 대체되어도 무방할 그런 자다.

오색의 참명도와 대조적으로 절창의 창은 흔한 문양이나 색깔 입힌 술 하나 없는, 정말 시골 대장간에서나 만들 것 같은 그런 창이었다. 물론 창날은 빛나고 있었지만 허름한 모양

새가 절창의 명성과는 도무지 어울리지 않는 것이다. 그러나 절창은 본래 무기를 따지지 않는 자다. 그저 긴 대에 날 선 쇠붙이만 달려 있으면 그만이다. 하나 그 평범한 창으로 한 치도 밀리지 않는 것이다.

지극히 패도적인 기운을 감추지 않고 드러내는 도왕의 참명도. 고요함 속에 한 가닥 예리한 기운을 속에 숨겨놓은 절창의 창. 대조적이면서도 동등한 두 개의 힘이 서로를 노리며 대치하고 있었다.

눈으로는 팽요색을 좇으며, 절창이 물었다.

"마지막으로 묻겠다. 어쩔 것이냐?"

모용천은 유 총관을 다시 업으며 대답했다.

"가겠습니다."

"좋다."

기분 탓일까, 짧은 말 가운데 웃음이 비치는 듯했다.

동시에 절창의 창끝이 움직였다.

쉐엑—

"놈!"

팽요색의 참명도가 반 박자 느리게 움직였다.

카앙!

날과 날이 부딪치며 허공에 커다란 불꽃이 일었다.

부웅—

참명도와 한차례 부딪친 창끝이 허공에 커다란 원을 그리며 팽요색의 목덜미 위로 떨어졌다.

카카캉!

현란한 불똥 속에서 절창이 외쳤다.

"서곤! 그곳으로!"

"적당히 해라!"

도야객이 대답하고 모용천에게 손짓했다.

파파팍!

유 총관을 업은 모용천과 도야객이 한 방향으로 몸을 날렸다.

"게 섯거라!"

팽요색이 크게 소리치며 참명도를 휘둘렀다. 다시금 절창의 창끝이 참명도를 막아섰다.

카앙! 카캉! 카카캉!

귀를 찢는 쇳소리가 모용천들을 뒤쫓듯 퍼져 나갔다.

획— 획—

경공으로 당대제일이라는 도야객과 그를 붙잡았던 모용천이다. 두 사람이 전력을 다해 뛰니 바람도 뒤처지며 귓가만 간질일 뿐이었다.

"괜찮을까?"

그 와중에 도야객이 걱정스레 물었다. 친구를 믿지 못하는 게 아니라 상대가 도왕임을 염려하는 것이다. 더구나 그가 혼자 왔으리라는 보장이 없지 않은가?

"괜찮을 겁니다."

대답하는 모용천도 썩 자신이 없었다. 그 또한 실제로 본 도왕의 기도가 놀라웠던 탓이다. 물론 절창에게는 도왕과 끝장을 볼 생각이 없으니 적당히 빠져나올 테지만… 걱정이라면 힘든 일은 항상 꼬리에 꼬리를 물고 닥쳐온다는 점이다.

"제길!"

도야객의 입에서 욕지거리가 튀어나왔다. 동시에, 대여섯 사내가 나타나 두 사람의 앞을 가로막았다.

"걸음을 멈춰라!!"

자줏빛이 도는 옷을 맞춰 입은 사내들이 입 모아 외쳤다.

우우웅—

음공이라도 익혔는지 한데 모인 목소리에 힘이 실려 있었다.

"헛소리!"

가볍게 일축하고, 도야객의 몸이 앞으로 튀어나갔다. 지금 속도도 충분히 빨랐지만 어디까지나 유 총관을 업은 모용천에게 보조를 맞추었을 뿐이다. 마음만 먹으면 눈이 쫓지 못할 정도로 움직일 수 있는 것이다.

바로 지금처럼!

"크억!"

"어헉!"

누군가는 비명을, 또 누군가는 눈을 크게 떴다. 도야객의 몸이 바람처럼 휘몰아치고 지나간 자리에 사내들이 차례로 쓰러졌다.

빙글—

마지막 사내를 쓰러뜨리고 멈춰 선 도야객이 몸을 돌렸다. 달려오던 모용천과 마주선 도야객이 갑자기 손날을 세웠다.

화악!

벽운천강수의 푸른 기운을 머금은 손날이, 갑자기 모용천의 얼굴을 향해 쏘아졌다.

"……!"

모용천은 순간적으로 오른손을 뻗어 유 총관의 머리를 보호하며 몸을 비틀었다.

서걱!

머리카락 한 올을 사이에 두고 모용천의 몸과 도야객의 손날이 교차했다.

"으악!"

"커흑!"

모용천의 몸을 비껴나간 벽운천강수가 모용천의 뒤에서

달려들던 괴인들을 베고 지나갔다. 푸른 기운이 일렁이는 도야객의 손날에 흰 옷을 입은 괴인들이 쓰러지고, 벽운천강수의 기운은 잘게 부서져 꽃잎처럼 흩어졌다.

"무사하십니까?"

몸을 돌려 똑바로 선 모용천이 고개 돌려 물었다. 등에 업힌 유 총관은 새하얗게 질린 얼굴로, 그러나 애써 침착한 목소리로 대답했다.

"이 늙은이는 신경 쓰지 마십시오. 저보다는 소가주께서 무사하셔야 할 게 아닙니까."

"왜 유 총관이 제 걱정을 하십니까? 아무렴 제가 유 총관보다 먼저 죽기라도 할까 봐요?"

유 총관의 태도가 불만이었는지 모용천이 살짝 쏘아붙였다.

급박한 상황에서도 은근한 정을 비치는 주종과 달리 도야객은 심각한 표정으로 쓰러진 자들을 보고 있었다. 쓰러진 자들을 보던 도야객이 모용천을 불렀다.

"이리 와보게."

"왜 그러십니까?"

모용천은 유 총관을 업은 채로 다가가 쓰러진 자들을 보았다.

"이건……?"

모용천 역시 의아한 표정으로 말을 잃었다. 도야객이 모용천과 눈을 맞추며 말했다.

"이자들은 누구지?"

"……."

모용천은 답하지 못했다.

쓰러진 자들은 자줏빛 옷과 흰 옷, 두 부류로 나누어져 있었다. 자줏빛 옷은 같은 색의 복면을, 흰 옷은 역시 같은 흰색 가면을 쓰고 있었다.

"도왕이 이런 놈들을 거느리고 있냐?"

"잘 모르겠습니다."

"적어도 나는 하북팽가의 무인들이 복면이나 가면을 쓴다는 소리를 들어본 적이 없다. 이놈들은 대체 뭐냐?"

도야객이 모르는 걸 모용천이라고 알 리 없다. 모용천은 가만히 고개를 저었다. 도야객이 눈살을 찌푸리며 말했다.

"이건 도왕뿐 아니라 적어도 두 개의 세력이 이곳에 와 있다는 소린데… 이 친구 정말 괜찮을까?"

"지금 기 선배를 걱정할 때가 아닌 것 같군요."

말을 마치자마자 모용천이 고개를 돌리며 검을 휘둘렀다.

서걱!

모용천의 검이 지나간 곳에 붉은 피가 튀었다.

"크헉!"

어디서 튀어나왔는지 모르게 나타나 덮쳐 오던 괴인들이 차례로 쓰러졌다. 자줏빛 옷을 입은 자들이었다.

"어차피 표적은 저겠지요. 기 선배는 걱정하지 않아도 될 겁니다."

모용천의 지적은 정확했다. 그런데 쓰러진 자들을 본 도야객의 머릿속에 불길한 생각이 떠올랐다.

"설마?"

"짚이는 곳이라도 있습니까?"

모용천이 묻자 도야객은 입술을 깨물며 말했다.

"이 자줏빛이 무엇을 상징하는지 모르냐? 이런, 왜 그 생각을 못했지?"

"이 옷 색이 뭘 상징하는데 그러십니까?"

"상징하기는 뭘 상징해! 세상에 어떤 간 큰 놈이 수하들 옷에 사천당문의 상징인 자줏빛을 쓴단 말이냐?"

"그런 놈이 있다면 나도 한번 보고 싶군."

도야객의 말을 받은 것은 모용천이 아니었다.

"……!"

목소리가 난 곳으로 세 사람이 고개를 돌리니 몇 걸음 떨어져 있지 않은 곳에 한 장년인이 서 있었다. 모용천이나 도야객이나, 이 장년인의 존재를 유 총관과 비슷한 때에 알아챈 것이다.

"독왕……!"

도야객이 놀라 중얼거렸다.

모용천과 도야객의 이목을 속이고 지척에 접근할 수 있는 자가 과연 몇이나 될 것인가? 세 사람을 막아선 장년인은 바로 독왕 당사윤이었다.

당사윤은 도야객과 모용천을 번갈아 보더니 모용천을 향해 말했다.

"네가 모용천인가?"

"……!"

말 한마디, 눈빛 한 번 받았을 뿐인데 온몸이 찌릿하다. 도왕 팽요색의 기운이 말 그대로 모든 것을 부술 만큼 패도적이었다면 당사윤의 그것은 보다 은밀하면서도 흉험했다.

'십왕이란 죄다 이런 자들인가!'

이제껏 모용천이 만난 십왕은 모두 네 사람이었는데, 오늘 또 두 사람을 추가하게 되었다. 이들은 모두 누가 나은지 가늠하기 어려운 무위를 소유하고 있었는데, 지금 당사윤과 마주하니 새삼 또 탄성이 나오는 것이다.

그러나 이는 공포나 절망이 아닌, 기대와 환희로 가득한 탄성이었다.

모용천 스스로도 어이가 없는 일이다.

하지만 눈앞의 독왕이라는 거대한 존재가 모용천의 잠들

어 있는 감각을 깨우는 듯했다. 저 밑바닥에 가라앉아 떠오를 줄 모르던, 대적을 맞이해 싸우는 사실 하나만으로 즐거웠던 그 감각. 종리세가와의 싸움에서는 느끼지 못했던 그것이 지금 당사윤을 맞이해 물방울 터지듯 하나하나 연이어 깨어나고 있었다.

"…그렇습니다만."

당장에라도 달려들고픈 욕망을 억누르고 모용천이 대답했다. 지금 꼭 잡고 있는 앙상한 손, 유 총관을 업고 있는 한 허튼 행동은 할 수 없었다.

당사윤이 웃으며 말했다.

"예전에 봤을 때보다 더 나아졌군. 불과 몇 달 새 이만한 성취를 이루다니, 놀라운걸. 역시 젊어서인가?"

"저를 본 일이 있습니까?"

"사천 땅에서 벌어지는 일은 모두 내 눈과 귀에 들어오지."

당사윤은 의미심장한 미소를 지었다.

"남궁 형과 자네의 일전을 지켜보았네. 그 사람도 그 사람이지만 자네도 보통이 아니더군. 그런 무식한 방식을 거부하지 않고 받아들일 생각을 하다니 말이야."

"……."

"어쨌든 그때는 남궁 형의 서슬이 퍼래서 차마 자네에게 손댈 생각을 못했지. 생각해 보니 대단한 일 아닌가? 십왕 중

세 사람이 애송이 하나 잡겠다고 모였는데 그 애송이는 살아서 빠져나갔으니 말이야."

마, 검, 독.

세 사람의 왕이 모용천이라는 애송이 하나를 잡기 위해 한자리에 모였다는 사실이 세간에 퍼진다면 그 또한 놀라운 일일 것이다. 물론 그중에서 마왕이 먼저 물러나고, 검왕의 뜻이 확고하다 싶어 독왕 또한 물러났으니 실질적으로 모용천과 만난 것은 검왕 한 사람뿐이었다.

검왕과 모용천의 일전이 끝난 후, 당사윤이 개입할 시간적 여유는 충분했다. 지친 모용천을 잡는 것은 손바닥 뒤집듯 쉬운 일이었다. 다만 당사윤은 남궁익을 존중해 주는 뜻에서 모용천을 놓아주었을 뿐이었다.

"네가 사천 땅에서 저지른 일들은 그날 덮어두었다. 물론 지금이라도 당문의 사람을 해한 죄를 물을 수야 있지만, 지난 일이기도 하고 남궁 형의 얼굴을 보면 참을 수 있는 일이지. 하지만……."

잠깐 말을 멈춘 당사윤은 모용천과 도야객을 차례로 보고 말했다.

"종리세가를 멸문시키고 무림의 근간을 흔든 죄를 다시 물어야겠다. 순순히 따라오면 거기, 등에 업힌 노인네는 내 풀어주도록 하지."

당시 당사윤은 모용천을 잡으려 했지만 마왕 황종류, 특히 검왕 남궁익이라는 방해꾼을 만나 뜻을 이루지 못했다. 그러나 같은 십왕 급이 아니라면 뉘라서 당사윤의 일을 방해할 것인가?

도야객 외에는 별문제가 없다고 판단한 당사윤은 가볍게 말했다.

"절창은 팽 형이 수고해 주시면 될 것이고. 자, 순순히 나를 따라오너라."

꾸욱.

목을 감은 유 총관의 팔이 느슨해진다. 모용천은 유 총관의 손을 힘주어 잡았다.

"괜한 생각 마십시오."

모용천이 나직이 말했다. 유 총관 또한 모용천을 위해 무슨 짓이라도 할 수 있는 사람이다. 자신이 방해가 된다면 기꺼이 떨어져 나갈 것이니, 모용천은 미리 그러한 일을 하지 못하도록 경고한 것이다.

모용천은 유 총관의 손을 꼭 붙들고 당사윤에게 말했다.

"당 선배를 따라갈 이유도, 말을 들을 이유도 없습니다. 종리세가? 나와 그들 사이의 문제이고, 이미 결론이 났는데 무슨 할 말이 더 필요하단 말입니까?"

"허어! 과연 소문대로 자기가 무슨 말을 하는지도 모르는 놈이로군. 좋아, 그렇다면 종리세가는 잠시 덮어두고 다른 얘기를 해볼까? 네놈이 이제 향할 곳이 어디냐?"

"내가 향할 곳이라니, 그게 대체 무슨……?"

무슨 소리냐며 반박하려던 모용천이 입을 다물었다. 바로 조금 전, 제마성으로 갈 것을 결심하지 않았던가? 당사윤의 눈빛이 바로 그 일을 추궁하는 듯했다.

"무림에 큰 죄를 지은 것도 모자라 제 몸을 돌보겠다고 마왕의 밑으로 들어가려는 게 아니냐!"

입가에 살며시 올라 있던 웃음기는 사라진 지 오래였다. 당사윤의 엄준히 꾸짖자 모용천이 반박했다.

"말도 안 되는 소리! 내가 왜 마왕의 밑으로 들어간단 말이오? 사람 잘못 보셨소."

"그래? 그렇다면 절창과 쭉 같이 있었던 것은 어째서이냐? 이목을 피해 이런 곳에 숨어 지내던 까닭은 무엇이냐? 이게 다 사파의 무리에 끼기 위함이 아니고 뭐란 말이냐?"

"말이 통하지 않는군."

당사윤의 말이 날카로워지자 모용천은 검을 들었다. 당사윤의 머릿속에는 모용천이 마왕의 수하로 들어간다는 사실이 너무나 확고하여 도무지 바뀔 가망이 없어 보였다.

"허어!"

모용천이 검을 들고 대항할 채비를 하자 당사윤이 어이없다는 듯 웃음을 흘렸다. 자신에게 대항할 줄은 미처 생각하지 못했던 것이다.

"경거망동 말게!"

도야객이 다급히 외치며 품속에 손을 넣었다.

쉬익!

동시에 빛이 번쩍였다.

"아악!"

도야객이 비명을 질렀다. 어디서 날아왔는지 모를 비도가 그의 손등에 꽂힌 것이다.

그 모습을 보고 당사윤이 비웃으며 말했다.

"안 되지, 안 돼. 허튼 생각은 하지도 마."

"크윽!"

도야객은 고통스러운 신음 소리를 내며 왼손을 품속에 넣었다. 당사윤은 어쩔 수 없다는 표정으로 고개를 저으며 손목을 움직였다. 그 작은 동작만으로, 잠자리 날개처럼 얇은 비도 세 자루가 도야객을 향해 쏘아졌다.

카카캉!

허공에 불꽃이 일고, 당사윤이 던진 세 자루 비도가 각기 다른 방향으로 흩어졌다. 모용천의 검이 그것들을 막아선 것이다.

"노옴!"

뜻밖의 방해에 당사윤의 언성이 높아졌다. 그 틈을 놓치지 않고 도야객이 품속에서 구슬을 꺼내 던졌다.

호두알 크기의 구슬. 지난날 황무기와 혈랑도객에게 포위 당했던 모용천을 구해낸 바로 그 구슬이다.

푸쉬쉬쉬식—

구슬에서 희뿌연 연기가 새어 나왔다.

"어서!"

도야객이 외치며 당사윤의 반대 방향으로 몸을 날렸다. 모용천도 지체하지 않고 도야객의 뒤를 따랐다.

* * *

캉! 카앙!

쇠붙이들이 서로 부딪쳐 비명을 지를 때마다 허공에 흰 불꽃이 피어난다. 그들의 생은 찰나에 가까운 순간이지만 날 선 기백으로 충만해 있으니 누가 감히 덧없다 하겠는가?

하물며 그들을 낳은 자들이 도왕과 절창이라면야 무슨 말이 더 필요하겠는가!

카카캉!

도왕의 참명도가 그리는 길은 하북의 명문, 팽가도법의 정수를 한가득 담고 있었다. 시원시원한 칼질 가운데 정묘한 무리가 숨어 있어 무인이라면 보고만 있어도 흥이 절로 날 것이다. 물론 그 칼끝이 노리는 게 자신이 아니어야 하겠지만.

반면 절창의 창끝은 단순한 찌르기와 베기만을 반복한다. 도왕의 팽가도법과 달리 절창의 이름없는 창술은 그저 투박하니 적의 요처를 노리는 데 그칠 뿐이다. 그러나 뉘라서 알까? 그것이야말로 절창이 평생을 닦아온 창술의 요체, 잔가지를 모두 쳐낸 정수라는 것을 말이다.

쉬익!

참명도가 그리는 어지러운 도망을 뚫고 절창의 창끝이 팽요색의 어깨를 노렸다. 창끝이 손가락 세 마디 앞으로 들이닥쳤을 때, 참명도가 창대를 강하게 쳤다.

카앙!

쇳소리를 내며 창이 옆으로 튕겨 나갔다.

부웅—

튕겨 나간 힘을 이용해 긴 창이 한 바퀴 돌아 팽요색의 반대편으로 날아들었다. 처음으로 팽요색의 얼굴에 낭패가 서렸다.

"하압!"

팽요색은 커다란 기합 소리를 내며 왼손을 뻗었다. 어느새 일보 전진한 팽요색의 왼손에 창대가 잡혔다.

휘릭!

절창이 손 안에서 창대를 굴렸다. 창대가 그린 작은 원은 다섯 자 너머 팽요색의 손 안에서 몇 배나 커졌다. 지금처럼 창대를 잡혔을 때 적을 떨쳐 내는 수법 중 하나였다.

"어림없는 짓!"

팽요색이 일축하고 왼손에 힘을 주었다. 힘도 힘이지만 공력의 깊이를 측량할 길이 없다. 팽요색의 손 안에서 창대는 꿈쩍도 하지 않았다.

"흡!"

그러자 절창이 진기를 끌어올리며 창을 들었다. 자연히 끝을 붙잡고 있던 팽요색의 거구가 함께 들어 올려졌다.

"타앗!"

타작을 하듯 절창이 창을 바닥에 내려쳤다.

쿠웅!

굉음을 내며 바닥에 내려선 팽요색의 낯빛이 어두웠다. 창대를 놓고 떨어진 팽요색에게로 화살처럼 절창의 창끝이 날아들었다. 분명 한 자루 창이건만 팽요색을 노리는 창끝은 셀 수 없이 많았다.

그러나,

콰아아앙!

거대한 소리를 내며 절창의 창끝이 허공 위에 올랐다. 그 아래, 참명도를 든 팽요색이 서 있었다. 수십 개의 창이 동시에 찌르는 듯 느껴지는 절창의 수법을, 팽요색은 겨우 한 번의 칼질로 와해시킨 것이다.

절창은 재빨리 창을 회수하며 한 걸음 물러섰다. 팽요색의 몸에서 뿜어져 나오는 기운이 심상치 않았다.

팽요색 역시 한 발 물러나, 두 사람이 마주섰다. 팽요색은 살짝 상기된 얼굴로 말했다.

"헛소문이 아니었군!"

"……."

절창은 말없이 숨을 고르고 진기를 일으켰다. 일초 일초가 중요하니, 한 동작도 허투루 쓸 수 없다. 자연 내력의 소모가 평소보다 몇 배나 더 극심했다.

"이런 실력을 가지고 있으면서, 왜 마왕의 밑으로 들어갔는지 이해가 안 되는군! 더구나 평소에 사파 척결을 입버릇처럼 말하던 걸 생각하면 말이야."

"상관할 바 아니오."

절창은 퉁명스레 말하고, 다시 창을 들었다.

화악—

겨누어진 창끝에서 빛이 일었다.

"그래, 내 상관할 바 아니지!"

팽요색이 크게 소리치며 절창을 향해 날았다. 그의 손에 들린 참명도가 역시 오색빛을 발하며 절창의 머리 위로 떨어졌다.

카카캉!

쇠붙이들이 충돌하는 지점에서 빛과 빛이 퍼져 나가고, 굉음이 그 뒤를 따랐다. 팽요색과 절창의 주변에 난 풀들이 일제히 바깥쪽으로 몸을 뉘었다.

"괜찮습니까?"

달리며, 모용천이 물었다. 도야객은 오른손을 부여잡으며 악을 쓰듯 대답했다.

"괜찮을 리가 있냐!"

"말씀하시는 걸 보니 괜찮나 보군요. 비도에 독이라도 발라져 있는 건 아닌지 걱정했습니다."

"독?"

도야객이 찡그린 얼굴로 중얼거렸다. 오대세가의 일원, 사천 정도 무림의 패자로 군림하고 있는 당사윤이 설마하니 이런 치졸한 수에 독을 쓸까 싶었던 것이다.

"그가 아무리 독왕이라도……."

그리 믿고 싶었으나 방금 당사윤을 보니 그런 것도 아닌 것 같다. 심계가 깊고 검어 다른 정파의 십왕들과 다른 면이 있다고 알려진 당사윤이다. 게다가 그의 별호가 아예 독왕이 아니던가!

당사윤의 독 쓰는 수법이 보통이 아니라 하니 어쩌면 이미 중독되었을지도 모를 일이다. 아직까지 별다른 기미는 없으나, 마음 한 구석의 불안감이 도야객의 발목을 잡아끌었다.

  잠시 도야객의 걸음이 느려졌을 때, 한 무리의 백의인들이 나타났다. 백의인들은 두 사람의 앞을 가로막고 섰는데 하나같이 하얀 가면을 쓰고 있었다. 당사윤과 만나기 전 도야객에게 쓰러진 자들과 같은 패거리로 보였다.

  "비켜라!"

  도야객이 고함을 지르며 손날을 세웠다. 내력이 푸른 기운으로 화하여 수강을 일으키는 데 막힘이 없어, 비로소 도야객이 속으로 안도의 한숨을 내쉬었다.

  한결 가벼운 몸놀림으로 도야객이 백의인들을 베려 하는데 누군가 그 앞을 막고 나섰다.

  콰앙!

  갑자기 막아선 자와 도야객의 벽운천강수가 부딪쳐 굉음을 냈다. 모용천은 유 총관을 업은 손에 힘을 주며 제자리에 멈춰 섰다.

  "크윽!"

  도야객이 놀라 뒤로 물러났다. 그를 막은 자도 함께 세 걸음을 물러나니, 두 사람 사이가 도합 여섯 걸음으로 벌어졌다.

"위험, 위험!"

물러나 호들갑을 떠는 자는 배까지 내려오는 긴 수염이 탐스러운 사십대 초반의 사내였다. 사내 역시 흰 옷으로, 아무래도 저 백의괴인들을 거느리고 온 모양새였다.

"비켜라!"

도야객이 소리치며 다시금 벽운천강수를 일으켰다. 그런데 미염공마냥 수염이 긴 장년인은 화들짝 놀라며 두 손을 휘젓는 게 아닌가?

"성질 한번 급하시군! 하긴 경공으로는 누구도 따르지 못한다는 분이니 성질은 오죽할까? 저희는 두 분에게 아무 짓도 하지 않을 테니 진정하시고 제 말씀이나 들어보시오."

장년인은 생글생글 웃는 얼굴로 말을 이었다. 도야객은 여전히 벽운천강수를 일으켜 푸른 손날 그대로 의심을 거두지 않고 대꾸했다.

"말 같은 건 들을 필요 없다! 어서 비키기나 해!"

"미안하지만 용건은 저기 모용 공자에게 있어서."

장년인은 생긋, 웃어 보이고 모용천을 향해 포권의 예를 취했다. 모용천도 얼결에 고개를 숙이며 포권의 예로 답했다.

"저로 말할 것 같으면 저 백사궁의 주인 되시는 분, 바로 강호에 이름 높은 사왕의 첫째 제자, 이름은 북궁율(北宮律)이라 하외다."

"사왕의 제자가 왜 나를……?"

"이게 다 스승님의 뜻. 모용 공자의 처지가 딱해 천하에 갈 곳이 없을 테니 정중히 모셔오라는 분부가 계셨소."

"……!"

모용천은 물론 도야객과 유 총관도 놀라 눈이 휘둥그레졌다. 사왕이 모용천을 모셔오라고 했다니?

"그게 무슨 소리요?"

모용천이 눈살을 찌푸리며 물었다. 북궁율은 웃으며 대답했다.

"말 그대로라오. 저 속 좁고 말 지어내기 좋아하는 소위 정파라는 것들 틈에서 얼마나 고생이 많으셨소? 거기에 더해 이번에 종리세가마저 멸문시켰다니 얼마나 큰 박해를 받고 있을지는 누구라도 짐작할 수 있소."

묘하게 인정하기 어려웠지만 북궁율의 말이 틀림없는 사실이었다. 방금까지만 해도 천하에 갈 곳이 없어 겨우 이소가 마련해 준 거처에 의탁하고 있지 않았던가?

"하여 스승님, 아니, 궁주께서 친히 저를 보내시어 모용 공자를 모셔오라 하신 거외다. 마침 본 궁에서도 모용 공자와 같은 고수의 힘이 필요한 터이니 이는 서로에게 큰 기쁨이 될 게 아니겠소?"

오랜 무림의 역사 속에서 정사는 항상 대립과 반목을 멈추지 않았는데, 묘하게도 그 균형이 항상 맞아 어느 한 쪽도 상대를 압도하거나 제거하지 못했다. 고수 이하에서는 사파의 무공 성취가 정파를 압도하였음에도 이러한 현상이 벌어지는 까닭은, 사파의 인물들이 천성적으로 독행하기를 즐겨하고 무리 짓기를 꺼려하기 때문이었다.

사파의 인물들은 무슨 문이니 파니 하여 무리 짓는 것을 정파의 약한 자들이 제 몸을 보전하기 위해 하는 짓이라고 치부해 왔다. 그들의 관점에서 무공을 익힌 자들이 무리를 짓는 것은 스스로 약함을 증명하는 일이나 다름없었던 것이다.

그러나 역사의 수레바퀴는 항상 파격을 서슴없이 저지르는 자들에 의해 굴러간다. 마왕 황종류도 그러한 부류, 즉 역사를 선도해 나가는 자였다. 사파의 인물들 중 정점에 서 있다고 일컬어지는 그가, 직접 사파인들 사이에서 백안시되는 무리 짓기를 시도할 줄 누가 알았을까?

어쨌든 제마성은 이제까지의 통념을 뛰어넘은 시도였고, 결과는 성공적이었다. 사파의 내로라하는 인물들 중 대부분이 제마성에 몸을 의탁하였고 기꺼이 마왕의 수하로 들어간 것이다. 이제껏 체면을 차리느라 드러내지 못하였으나, 많은 사파의 인물들이 이러한 변화를 원하고 있었다는 증거이기도 했다.

마왕의 제마성을 중심으로 사파 무림이 빠르게 재편되어 가는 와중에도 그 흐름을 거부하는 이들이 있었는데, 그중 대표적인 인물이 바로 같은 십왕 중 한 사람인 사왕 좌오린이었다.

 사왕 좌오린은 칠십대의 노인으로, 굳이 따지자면 마왕보다 한 배분 위인 선배라 할 수 있다. 사왕이라는 별호가 말해주듯 그가 익힌 무공은 뱀에 근간을 두고 있었다. 하나 무공보다는 그 심계와 수법이 뱀처럼 간악하다 하여 더 유명한 이였다.

 어쨌든 배분으로 보나 무공으로 보나 좌오린이 황종류의 밑으로 순순히 들어가기란 누구도 생각할 수 없는 일이었다. 그러나 제마성의 세력이 커지는 것은 사실이었고, 사파 내에서도 황종류를 추종하는 조류가 형성되는 것도 좌시할 수 없는 일이었다.

 결국 좌오린은 자신의 제자들과 황종류에 반하는 고수들을 모아 백사궁(白蛇宮)을 세웠다. 후발주자라는 한계에 부딪쳐 그 성장이 더디긴 하였으나 마왕의 처사에 반감을 품은 자들이 하나둘 모여들고 있는 실정이었다. 어쨌든 그 중심에 사왕 좌오린이 있었으니 지금까지 백사궁의 행보는 나름 성공적이라고 평할 수 있었다.

 북궁율은 사왕의 세 제자 중 맏이로, 무공의 성취는 이미 절정고수의 반열에 오른 자였다. 그런 북궁율이 직접 이곳까지 온 것만으로도 백사궁이 모용천을 어떻게 생각하는지 알 수 있었다.

모용천은 고개를 저었다.
"거절하겠소."
북궁율은 자신의 자랑인 수염을 쓰다듬으며 말했다.
"잘 생각해 보시오. 지금 이곳은 사천당문의 무인들이 포위한 상태! 절창이 도왕을 붙잡고 있다 해도 독왕이 스스로 왔으니 과연 빠져나갈 수 있을 거라 생각하시오? 거추장스러운 짐까지 짊어지고 말이오."
북궁율이 그렇게 말하며 손가락으로 유 총관을 가리켰다. 유 총관은 부끄러워하며 고개를 숙였다. 모용천은 업고 있어 보지는 못해도, 유 총관의 표정이 어떠한지 절로 머릿속에 그려졌다.
모용천은 화를 숨기지 않고 소리쳤다.
"말을 함부로 하는 자와는 한마디도 나누기 싫소! 천자라 할지라도 내 앞에서 유 총관을 비하한다면 책임을 물어야 할 것이오!"
모용천은 애초에 북궁율, 아니, 사왕의 제안을 받아들일 마음이 없었다. 그가 지금 백사궁으로 간다 한들 자리만 바뀌었다 뿐, 무림맹에서 우진의 뜻에 따라 움직이던 때와 다를 게 없다는 사실을 깨달은 것이다. 이제 더는 타인의 뜻대로 휘둘리고 싶지 않았다.

아직은 모용천 자신도 무엇을 해야 할지 몰라 이곳에서 하염없이 강물만 바라보고 있었지만, 적어도 자신의 의지로 살아야겠다는 결의는 한 셈이다. 그것이 아버지와 남궁미인에게 할 수 있는 최선이었다.

그런 와중에 유 총관을 짐짝 취급한 것은, 북궁율 스스로 교섭의 여지를 완전히 끊은 것이나 다름없었다. 그러나 북궁율은 태연히 말했다.

"말이 그렇다는 것이지, 진지하게 받아들이지 마시오. 어쨌든 본 궁의 힘을 빌리지 않으면 이곳을 빠져나가기란 불가능하다는 말을 하고 싶었을 뿐이니."

"거절하겠소. 그러니 그만 길을 트시오!"

모용천이 소리치며 한 발 앞으로 나섰다. 북궁율은 안됐다는 듯 고개를 절레절레 흔들며 대답했다.

"미안하지만 그렇다면 어쩔 수 없지. 당신이라는 존재, 그 강대한 힘을 손에 넣지 못한다면 차라리 부숴 버리는 편이 낫지 않겠소?"

"그게 무슨……!"

"아, 오해는 마시오. 이건 내 뜻이 아니라 스승님, 아니, 본

궁의 주인 되시는 분의 뜻이니까."

　북궁율은 비릿한 웃음을 흘리며 손뼉을 쳤다. 불길한 예감이 일었는지, 북궁율이 손뼉을 치기 무섭게 모용천이 움직였다.

　휘익!

　눈 깜짝할 새 모용천의 몸이 북궁율의 앞에 섰다. 모용천이 손을 뻗어 북궁율의 팔을 잡았다. 북궁율은 깜짝 놀라면서도 침착히 모용천의 손을 뿌리쳤다.

　파파팍!

　모용천의 한 손과 북궁율의 두 손이 허공에서 어지러이 섞였다. 북궁율의 두 손은 모양이 뱀 머리처럼 뾰족할 뿐 아니라 그 움직임도 뱀과 닮아, 모용천의 손에 잡히지 않고 미끄러지듯 빠져나가기를 반복했다.

　'젠장!'

　잡힐 듯 잡히지 않는 북궁율의 손이 얄밉기도 했지만 두 손을 자유로이 쓰지 못하는 점이 아쉬웠다. 모용천의 왼손은, 목을 감은 유 총관의 팔을 붙들고 있었다.

　한 손밖에 쓰지 않는 모용천의 사정을 간파하지 못할 북궁율이 아니었다. 십여 초를 교환하자 자연 허점이 드러나 북궁율이 오히려 반격에 나섰다.

　쉬익!

뱀의 혓소리를 내며 북궁율이 손이 모용천의 양 어깨를 노렸다. 아니, 북궁율의 손이 노린 것은 모용천의 어깨가 아니라 그 위에 얹혀 있는 유 총관의 팔이었다.

"비겁하다!"

사왕의 첫째 제자 북궁율이라면 사파의 인물이긴 하나 강호에 이름이 높은 고수다. 그런 자가 쓰기에는 치졸하기 짝이 없는 수법이었으니 보고 있던 도야객이 크게 화를 냈다.

그때,

스르륵—

모용천과 유 총관의 신형이 미끄러지듯 뒤로 물러났다. 도야객의 독문 신법인 월공도야였다.

"……!"

허공을 찌른 북궁율의 눈이 휘둥그레지고, 물러나던 모용천의 신형이 제자리에 멈췄다. 멀지도 가깝지도 않은 간격. 맨손이 아니라 병기의 공방이 이루어질 거리였다.

모용천의 허리춤에서 뿜어져 나온 빛이 간결한 호를 그렸다.

서걱!

살 베이는 소리와 함께 붉은 피가 허공에 튀었다.

"크윽!"

북궁율이 고통스러운 신음 소리를 토하고, 모용천은 검을 겨누며 말했다. 모용천의 얼굴은 일찍이 보지 못했을 만큼 차갑게 굳어 있었다.

"유 총관을 혀로써 능멸한 것도 모자라 감히 손을 대려 하다니, 이 자리에서 죽어야겠구나."

북궁율의 왼 팔뚝에는 연신 피가 흐르고 있었다. 바깥쪽으로 깊이 베인 상처는 흰 뼈가 드러날 정도였다. 그러나 팔로 막지 않았더라면 목이 베였을 것이다.

북궁율은 하얗게 질린 얼굴로 외쳤다.

"뭐, 뭣들 하느냐! 어서!"

"어딜!"

모용천이 다시금 달려들었다. 그러자 북궁율이 황급히 뒤로 물러나고, 수하 백가면들이 일제히 암기를 발출했다.

카카캉!

수십여 개의 암기를 검으로 쳐 내고, 모용천은 제자리로 돌아가야 했다. 모용천 홀로라면 암기에 상관없이 북궁율을 베러 돌진했을 것이나, 등에 업고 있는 유 총관을 염려해서였다.

'뭐 저런 놈이 다 있나!'

북궁율도 사왕의 제자로 사파에 잔뼈가 굵은 인물이다. 그러나 지금 자신을 쏘아보는 모용천의 눈빛은 흉흉하기 짝이 없어 놀란 가슴을 다시 한 번 뛰게 만들었다.

'이 자리에서 제거하지 않으면 장차 큰 화가 되겠구나!'

북궁율은 속으로 생각하고 다시 한 번 손뼉을 쳤다. 그러자 백가면들이 각자 허리춤에서 대여섯 개의 죽통을 꺼냈다.

북궁율은 흐트러진 수염을 쓰다듬으며 말했다.

"본 궁의 궁주께서 친히 모시려 했으나 거절했으니, 이는 누구도 아닌 모용 공자 자신의 책임이오. 괜한 원망은 마시길!"

삐이익!

그리고 입술을 모아 휘파람을 불었다. 백가면들이 손에 들고 있는 죽통의 뚜껑을 열었다. 그러자 죽통 하나마다 서너 마리의 실 같은 뱀이 나오는 게 아닌가?

차례로 바닥에 떨어진 녹색의 뱀들이, 혀를 날름거리며 세 사람을 향해 다가왔다.

"녹일사(綠一蛇)!"

도야객이 놀라 소리쳤다.

사왕 좌오린은 무공뿐 아니라 각종 독공에도 능하여 당사윤과 어깨를 나란히 하는 용독의 기재였다. 사왕이라는 별호에서도 알 수 있듯 좌오린은 독 중에서도 특히 뱀의 독을 즐겨 썼는데, 여러 종의 교배를 통해 독성이 강한 신종을 만들어내는 데에 일가견이 있었다.

녹일사는 사왕이 만들어낸 신종으로, 몸 굵기가 사람 손가락만 하고 길이도 짧아 휴대성에 중점을 두고 만든 뱀이었다. 자연 사왕이나 그 제자들이 강호에 나와 즐겨 사용하는 뱀이었으니 그만큼 강호인들에게도 널리 알려져 있었다.

삐이익!

세 사람을 포위하고 선 백가면들이 사방에서 시끄럽게 죽통을 불어댔다. 애초에 그렇게 만들어진 물건인지 녹일사를 담고 있던 죽통이 마치 피리처럼 소리를 내고 있었다.

모용천들을 가운데에 두고 만들어진 거대한 초록색 원이, 그 소리에 따라 점차 안으로 좁혀져 들어오고 있었다.

"어쩔까?"

"글쎄요……."

흔들리는 수풀이 이토록 두려워 보일 줄은 꿈에도 생각하지 못한 일이다. 풀들과 같은 색이라 눈에 잘 띄지도 않는 녹일사들의 움직임은 풀들이 흔들리는 모양으로만 알 수 있었던 것이다.

쉬익!

가까이 온 녹일사 중 한 마리가 용수철처럼 튀어 올랐다. 모용천의 검이 허공에 오른 녹일사의 목을 베었다.

캬악!

저것도 비명일까? 네 발 짐승과는 다른 울림을 남기고 두 동강 난 녹일사가 땅에 떨어졌다. 그러나 아랑곳하지 않고 녹일사들은 포위망을 좁혀오고 있었다.

그와 함께 백가면들도 녹일사의 바깥쪽에서 원을 그리고 있었다. 아무리 도야객이라도 녹일사들만이 아니라 그 바깥쪽의 백가면들까지 뛰어넘을 수는 없는 노릇이다.

모용천은 다급히 주변을 둘러보았지만 올라갈 나무 하나 보이지 않았다.

쉬익!

도야객을 향해 또 한 마리가 튀어 올랐다. 모용천의 검이 그를 막았다.

"젠장!"

도야객은 벽운천강수를 익힌 이후 병기라고 할 만한 것을 몸에 지니고 다니지 않게 되었다. 벽운천강수의 수법이 능히 병기를 대체하였고, 또 그만큼 가벼워진 몸으로 펼치는 신법의 효능이 탁월했던 것이다. 그러나 아무리 벽운천강수로 수강을 일으킨다 한들 맨손으로 독사를 어찌 막는단 말인가?

결국 세 사람이 한 자루 검으로 버텨야 한다는 말이다.

"크흐흐훗! 어떻소, 모용 공자! 지금이라도 마음이 바뀔 것 같지 않소?"

"전혀!"

일축하고, 모용천은 다시 검을 휘둘렀다.

서걱!

일검에 세 마리 뱀이 여섯 조각으로 나누어졌다. 그러나 세 사람에게로 다가오는 녹일사들은 셀 수 없이 많았다.

"잘 생각했소! 이제 와 마음을 바꾼들, 내 마음은 그대로일 테니까! 뭣들 하느냐! 독려의 음을!"

북궁율이 높이 소리치자 백가면들이 내는 죽통 소리가 바뀌었다. 이전보다 음이 더 올라가더니, 급기야 귀에 들리지도 않게 된 것이다.

쉐에엑!

들리지 않는 소리가 더 큰 자극이었는지 녹일사들의 움직임이 한층 기민해졌다. 모용천의 검도 더욱 바빠져, 그 모습을 보고 북궁율이 길게 웃었다.

"크흐흐흐흐훗! 날뛰어봤자 소용없소!"

길게 웃은 북궁율이 또 한 번 손뼉을 쳤다. 그러자 어디에 숨어 있었는지 또 한 무리의 백가면들이 주변에 속속 나타나는 게 아닌가?

새로이 나타난 백가면들이 녹일사를 푼 자들과 자리를 바꾸어 서더니, 마찬가지로 허리에서 여러 개의 죽통을 꺼내 뚜껑을 열었다. 녹일사와 비슷한 크기의 붉은 뱀들이 죽통에서 떨어져 모용천들을 향해 기어오기 시작했다.

"외인으로서 적일사(赤一蛇)를 처음 보게 되었으니 영광인

줄 아시오! 크하하하핫!"

 팔뚝에서 피를 흘리며 북궁율이 크게 웃었다.

 "크하하하… 헉!"

 북궁율의 웃음소리가 갑자기 그쳤다. 모용천에게 당하지 않았던 소매가 붉게 물들어 있었다.

 "웬 놈이냐!"

 북궁율이 놀라 소리쳤다. 그러자 대답 대신 수십 자루의 비도가 날아들었다.

 투명하리만치 얇은 비도는 단순히 나는 것이 아니라, 떨어진 꽃잎처럼 하늘거리며 북궁율의 몸 근처를 맴돌았다. 그날들이 바람에 실려 몸을 비틀 때마다 햇빛을 비추니 참으로 아름다운 광경이었다.

 그러나 빛 속에 있던 북궁율은 그 광경을 감상할 여유가 없었다. 하늘거리며 주변을 맴돌던 비도가 계속해서 자신의 몸에 상처를 내고 있었다.

 "크윽!"

 바람의 방향이 바뀔 때마다 북궁율의 옷에 혈흔이 짙어졌다. 급기야 온몸이 붉게 물들었을 때, 북궁율의 건너편에 한 사람이 모습을 드러냈다. 비도가 발하는 어지러운 빛 속에서 북궁율이 소리쳤다.

 "독왕!"

모용천들을 사이에 두고 북궁율의 반대편에서 나타난 자는 다름 아닌 당사윤이었다. 도야객이 터뜨린 연막 속에서 헤매다 뒤늦게 쫓아온 것이다.

"웬 놈이냐고? 흥!"

독왕의 갑작스러운 출현에 놀라 백의인들로 형성된 포위망이 흐트러졌다.

쉐에에엑!

북궁율의 주변을 도는 비도의 흐름이 더욱 빨라졌다. 그에 비례해 북궁율의 몸에 나는 상처들도 더욱 깊어지고, 더 많은 피가 흘러나왔다.

북궁율은 몸을 움츠리며 외쳤다.

"큭! 뭣들 하느냐! 뱀들을 어서!"

북궁율이 외치자 백가면들의 죽통 소리가 바뀌었다. 그러자 모용천을 향해 가던 녹일사와 적일사들이 일제히 고개를 들어 방향을 바꾸는 것이 아닌가? 새로운 표적, 당사윤은 그 모습을 보고 가소롭다는 듯 코웃음 쳤다.

"푸훗!"

그러면서 당사윤은 태연히 다가오는 뱀들 쪽으로 향해 걸음을 내딛는 게 아닌가? 백가면들은 물론 모용천과 도야객도 놀라 그 광경을 바라보는데 놀라운 일은 그 뒤에 일어났다.

당사윤이 성큼 크게 발을 내딛어 뱀들 쪽으로 향하니 놀랍게도 그에게로 향하던 거대한 흐름이 거짓말처럼 양편으로 나뉘어 버리는 것이었다. 냇물이 바위를 끼고 돌아 다시 만나는 것처럼, 뱀들은 당사윤을 중심으로 갈라졌다가 다시 만나며 그를 보지 못한 척 앞으로 나아가는 게 아닌가?

"이, 이게 대체 무슨……?"

북궁율은 믿을 수 없다는 듯 탄식했다.

삐이익―

당황한 백가면들의 죽통 소리가 녹일사와 적일사들을 오히려 혼란스럽게 만들고 있었다. 한데 엉킨 뱀들은 지시에 따라 당사윤을 향했지만 보이지 않는 벽이라도 있는지 일정 거리를 좁히지 못하고 방황했다.

"설마 만독불침……!"

적녹(赤綠)이 뒤섞인 흐름 속에 홀로 서 있는 당사윤을 보며 북궁율이 중얼거렸다. 당사윤은 무표정한 얼굴로 북궁율을 향해 손을 뻗었다.

쉐엑!

그러자 한 무리의 비도가 또 날아 북궁율의 주위를 맴돌았다.

"커헉!"

수십 자루의 비도가 만든 빛의 감옥, 그 속에서 북궁율이 고통스러운 비명을 질렀다.

"살고 싶으면 당장 이것들을 물려라. 어서."

죽음을 피할 수 있다고 생각하는 순간은 무엇도 돌아보지 못하는 법. 북궁율이 악을 쓰며 외쳤다.

"당장 물려라! 당장!"

삐이익—

북궁율의 지시에 따라 백가면들은 녹일사와 적일사들을 회수했다. 수많은 뱀들이 놀랍게도 백가면들의 소리에 따라 죽통 안으로 돌아갔다.

마지막 한 마리까지 회수된 것을 확인한 당사윤은 북궁율을 보며 말했다.

"착한 아이로군."

나이로 따지면 별반 차이가 없는 두 사람이다. 굳이 배분을 따져 본다면 사왕 좌오린이 당사윤보다 위인 터라 그 제자인 북궁율과는 같다고 할 것이다. 그러나 당사윤은 당연하다는 듯 북궁율을 어린아이 취급하며 말했다.

"크윽! 되, 됐습니까?"

수십 자루의 비도가 발하는 빛은 이제 북궁율의 피로 물들어 있었다. 그 속에서 북궁율이 다급히 말하자 당사윤이 슬며시 미소 지으며 말했다.

"그래. 됐으니 그만 죽어라."

"예……?"

당사윤의 말뜻을 헤아리기도 전, 주변을 맴돌던 비도들이 일시에 북궁율의 몸 안으로 파고들었다. 북궁율은 바닥에 쓰러졌다.

"……!"

백가면의 수가 오십여 명을 넘었지만 누구 하나 움직이는 이 없었다. 북궁율은 사왕 좌오린의 수제자. 백사궁의 이인자나 다름없었는데 이토록 쉽게 죽는 모습을 보니 어떤 행동도 감히 취할 수 없었던 것이다. 십왕이라는 말이 결코 가볍지 않음을 백가면들은 뼈저리게 느끼고 있었다.

당사윤은 백가면들을 돌아보며 말했다.

"내가 어떤 이름으로 불리는지 안다면, 내 앞에서 독물을 쓰지 마라. 특히 사왕의 그 더러운 용독술은 생각만 해도 구역질이 나니까."

"……."

이 한마디로 백가면들은 손끝 하나 움직이지 못할 지경에 빠졌다. 뒤이어 자줏빛 옷을 입은 사내들, 사천당문의 무인들이 나타나 백가면들을 제압하기 시작했다. 당문의 무인들은 그 수가 이십여 명에 불과했지만 저항하지 않는 백가면들을 제압하기에는 충분했다.

그동안에 당사윤은 시선을 고정해 모용천으로부터 눈을 떼지 않고 있었다. 모용천 역시 유 총관을 내려놓고 당사윤과 시선을 마주보았는데 기세가 한 치도 밀리지 않았다. 이 자리에서 당사윤과의 일전은 피할 수 없다는 생각이 든 것이다.

당문의 무인들이 일을 마치고, 뱀들이 든 죽통도 모두 회수하자 비로소 당사윤이 입을 열었다.

"생명의 은인에게 고맙다는 인사도 없나?"

모용천이 냉랭히 대답했다.

"은인도 은인 나름이지요."

"허어! 이것 참……!"

북궁율도 천하에 이름 높은 고수다. 그런 자도 쩔쩔 매며 자신을 낮추었는데, 모용천이 이토록 뻣뻣하게 나서니 당사윤도 놀랄 수밖에.

당사윤이 놀라든 말든 모용천은 도야객에게 말했다.

"유 총관을 부탁합니다."

상대는 십왕 중 한 사람. 유 총관을 업고 싸울 만큼 만만한 상대가 아니다. 아니, 당사윤이 유 총관을 업고 싸워도 상대가 될까 궁금할 정도다.

그러나 지금은 싸워야 한다.

아니, 싸우고 싶다!

가슴속 저 밑바닥에서, 무언가 꿈틀거리며 모용천을 충동질하고 있었다. 이 뜨거운 감각을 따르지 않으면 살아도 산 것이 아닐 것이다.

우우웅—

모용천이 검을 고쳐 쥐며 진기를 끌어올리자 당사윤은 황당한 얼굴로 물었다.

"지금 내게 덤비겠다는 건가?"

모용천의 대답은 여전히 차가웠다.

"끝까지 저를 막으시겠다면."

모용천의 대답과 태도가 한결같자 당사윤의 얼굴에 황당함을 넘어 분노가 일었다. 그도 그럴 것이 당사윤은 독사들을 물리고 북궁율을 제거했다. 이미 스스로 모용천들의 생명을 구해준 은인이라고 생각하고 있었는데, 감사하기는커녕 도리어 검을 들이대니 천하에 이런 호로 잡놈이 어디 있단 말인가?

하지만 그것은 당사윤의 생각일 뿐. 모용천의 입장에서는 북궁율이나 당사윤이나 자신을 멋대로 하려는 것은 마찬가지이니 당사윤이 북궁율을 제거하든 독사를 물리든 딱히 고마워할 이유가 없었다.

"정말 상종치 못할 종자로구나!"

파파파팍!

도왕의 그것과 비교해 패도적인 면이 부족하다고 생각했던 것은 모용천의 오판이었다. 당사윤이 진기를 일으키자 풀들은 몸을 누이고 작은 돌들은 손가락으로 튕긴 듯 사방으로 날아갔다. 그 위압감은 팽요색에 비해 전혀 손색이 없었다.

'한 번 밀리면 그대로 끝난다!'

모용천은 마음을 굳게 먹고 먼저 당사윤을 향해 몸을 날렸다. 폭풍처럼 몰아치는 기의 흐름을 뚫고, 모용천의 검이 허공에 반원을 그렸다.

"……!"

변화무쌍한 검로와 지극히 정순한 무리가 공존하는 일검이었다. 그를 알아본 당사윤의 두 손에 어느새 두 자루 소도(小刀)가 들려 있었다.

카캉!

당사윤의 오른손에 들린 소도가 모용천의 검을 튕겨냈다.

"헙!"

모용천의 검은 넉 자 석 치요, 당사윤의 소도는 길어야 한 자를 넘지 못하는 길이였다. 자연히 실리는 힘의 크기도 다를 수밖에 없는데, 당사윤의 소도가 너무나 쉽게 모용천의 검을 쳐낸 것이다.

쉬익!

놀랄 틈도 없이, 이번에는 왼손에 들린 소도가 번뜩이며 모용천을 향했다. 모용천은 얼른 검을 당겨 소도를 막았다.

카앙!

이제껏 당사윤을 비롯한 당문의 고수들은 주로 독공과 암기, 비도술(飛刀術)에 능하다고만 알려져 있었다. 바로 조금 전 북궁율을 죽인 비도술이야말로 천하에 당문의 사람만이 가능한 수법이었다.

지금 당사윤의 두 팔이 현란하게 움직이고 두 자루 소도가 빛을 발하니 이는 강호에 본 자가 지극히 드문 당문 비전의 공부, 쌍아출림(雙牙出林)이었다.

카캉! 카카캉!

단 일 초 만에 수세에 몰린 모용천은 입술을 깨물며 자책했다. 상대는 십왕 중 한 사람! 수많은 강호인들의 가장 윗자리에 앉은 고수 중의 고수다! 그런 자를 상대하면서 밀리면 끝이다? 밀리는 것을 당연히 여겨야 했던 게 아닌가!

카앙!

당사윤의 두 자루 소도가 만(卍) 자를 그리며 모용천을 압박했다. 소도와 검이 닿기도 전에 무시무시한 내력이 쏟아져 내렸다.

"하압!"

그대로 받을 수 없어, 모용천은 기합을 지르며 내공을 실었다.

콰콰콰쾅!

부딪친 것은 쇠붙이인데 마치 화약이 폭발하는 듯 굉음이 났다. 모용천의 신형이 서너 장을 물러났다.

모용천은 한쪽 무릎을 꿇었다. 당사윤의 강대한 내력에 내상을 입었는지 목구멍을 타고 검은 피가 울컥 올라왔다.
"커헉!"
모용천은 한움큼 피를 토해내고 일어섰다. 피를 토하긴 했으나 아주 무거운 내상을 입은 것은 아니었다. 이만하면 견딜 만하다, 생각한 순간!
휘익!
당사윤의 손에서 수십 자루 비도가 하늘 높이 솟았다. 그리고 퍼붓는 비처럼 비도는 빛을 발하며 모용천을 향해 내리꽂혔다.
카카캉!
급히 검을 휘둘러 만든 장막이 내리는 비도를 튕겨냈다. 그러나 직전에 입은 내상이 기의 흐름을 막고 있었다. 기민하지 못한 검 놀림은 빈틈투성이였다.
"크윽!"
한차례 비도의 폭우가 지나가고, 모용천은 두 무릎을 꿇었다. 한순간 급소를 방어해 치명상은 피했으나 승부의 추는 이미 기운 것처럼 보였다.
그런데 당사윤의 낯빛도 썩 좋지 않았다. 창백한 얼굴, 입가에 한 줄기 선혈이 흘러내렸다.
주르륵—

깊이를 비교할 수는 없으나 당사윤 역시 내상을 입었다. 더구나 모용천은 뒤로 물러나며 당사윤의 내력을 상당수 해소한 반면, 체면을 차리느라 제자리에 멈춰 선 당사윤은 입지 않아도 될 손해를 입은 것이다.

"이놈……!"

내상을 입은 당사윤의 분노가 보통이 아니었다.

남궁익과의 일전을 지켜본 터라 모용천의 무위를 가늠하고 있었고, 또 그때보다 한층 나아졌음도 감안하였다고 생각했다. 그러나 막상 수를 교환해 보니 모용천의 무공은 자신의 예상을 훨씬 뛰어넘어 있었던 것이다.

"으음……."

무릎을 꿇었던 모용천이 비틀거리며 일어났다. 많은 피를 흘렸으나 눈빛만큼은 살아 있었다.

"소가주!"

외치며 다가가려는 유 총관을 도야객이 붙들었다.

"이거 놓으시오!"

"위험합니다!"

모용천의 재능을 가장 먼저 알아챈 사람은 유 총관이었다. 모용천의 목숨 건 싸움을 처음 목도한 것도 유 총관이었다.

이는 도야객도 마찬가지였다. 순순히 따라가 준다면 설마 독왕이라는 자가 다른 식으로 해꼬지를 할까 싶었는데, 미련한 놈이 부득불 검을 들고 엉기니 말이다. 원체 속을 알 수 없는 놈이라고 생각은 했지만, 이럴 때면 답답하기 그지없다.

"으음……!"

두 발로 일어난 모용천이 검을 고쳐 쥐고 당사윤을 바라봤다. 그 눈빛이 칼날처럼 날카로워 천하의 독왕 당사윤도 놀랄 정도였다.

'이대로 두었다가는 정말 큰일을 낼 놈이구나! 권왕이 왜 그렇게 이놈에 집착했는지 알 것 같다. 더 자라기 전에 싹을 뽑지 않으면……!'

당사윤이 그리 생각하고 소도를 다시 쥐었다.

'후… 대단하긴 대단하군.'

모용천 역시 당사윤의 비도술에 감탄하며 진기를 끌어올렸다. 다행히 내상은 깊지 않았고, 내력은 수월히 전신으로 퍼졌다.

우우웅―

당사윤도 모용천도, 한 마음으로 내력을 일으켰다. 두 사람으로부터 뿜어져 나온 무형의 기운이 허공에서 맞부딪치고 곧 살과 쇠의 격돌이 이루어지려 할 때, 한 그림자가 나타났다.

"두 분 모두 손을 멈추시지요."

겁없이 모용천과 당사윤 사이에 선 그림자는 황색 장포를 입은 중년인이었다.

"웬 놈이냐?"

당사윤이 눈살을 찌푸리며 물었다.

모용천은 물론 당사윤마저 이 황포중년인의 존재를 알아채지 못하고 있었다. 자신의 이목을 숨기고 지척에 접근한 자라면 이름없는 필부는 아닐 터! 그러나 그 외형에서 떠오르는 이름이 없었다.

중년인은 당사윤을 향해 포권의 예를 취하며 말했다.

"무림에 명성 자자한 독왕을 뵙게 되어 영광입니다. 본인으로 말하자면 보잘것없기 짝이 없지만 일단은 주군의 밑에서 일하는… 뭐, 심부름꾼이라고 생각해 주십시오."

"상관없다. 썩 비켜라!"

당사윤이 신경질적으로 외쳤다. 그 또한 무인이라, 모용천과 같은 고수와의 일전을 방해받고 기분이 좋을 리 없었다.

그러나 중년인은 대답 대신 만면에 미소를 머금으며 손가락을 튕겼다.

탁!

중년인이 손가락을 튕기자 놀랍게도 백, 아니, 이백은 족히 넘을 것 같은 흑의복면인들이 처음부터 그곳에 있었던 것처럼 솟아나는 것이 아닌가?

흑의복면인들은 당사윤과 당문의 무인들을 둘러싼 채로

움직이지 않았다. 한 사람 한 사람 동작이 절도있고 뿜어져 나오는 기운이 만만치 않으니 모두가 상당한 수준의 무인임은 한눈에 알아볼 수 있었다.

"네놈……!"

당사윤의 얼굴이 일그러졌다. 독왕의 분노를 받으면서도 태연할 수 있는 자가 당금 강호에 몇이나 될 것인가? 그러나 황포중년인은 태연히, 오히려 더욱 웃으며 말했다.

"저기 모용 공자는 본 성의 귀한 손님이시니 이제부터 저희가 모시려고 합니다. 독왕께서는 부디 사람을 물려주시지요."

중년인의 입에서 성이라는 말이 나오자 당사윤이 눈썹을 치켜떴다. 현 무림에서 제가 속한 단체를 '성'이라고 부르는 곳은 하나뿐이니까.

"네놈… 마왕의 수하더냐?"

황포중년인, 제마성의 비사면주 중 비백면주 황상은 빙긋 웃으며 대답했다.

"부디 주군의 체면을 지켜주시기를."

"헛소리!"

당사윤은 강하게 일축하고 한 발 앞으로 내딛었다. 그 기세가 말로 할 수 없도록 강해, 황상은 자신도 모르게 한 발 뒤로 물러났다.

당사윤이 크게 소리쳤다.

"예까지 온 것도 다 이런 일이 있을까 우려해서였다! 팽 형의 이야기가 사실이었군! 좋다! 이 기회에 마왕의 수족도 하나같이 끊어버리면 되겠구나!"

"허어!"

당문의 무인들은 이십여 명에 불과했고, 당사윤은 경미하나마 내상을 입은 상태였다. 이백 가까이 되는 수하들도 그렇거니와 황상 자신도 무시 못할 고수임을 모를 당사윤이 아님에도, 이처럼 호기롭게 나서는 것은 미처 예상치 못한 모습이었다.

'이거, 위험해! 위험해!'

무인의 본능이 당사윤의 앞에 서 있음을 위험하다고 경고하고 있었다. 황상은 감히 당사윤에게서 눈을 떼지 못하고 모용천을 불렀다.

"모용 공자! 어서 합세해 주시오! 어서!"

당사윤이 모용천을 향해 꾸짖었다.

"네놈! 모용세가도 과거 오대세가 중 하나로 뭇 정파인들의 귀감이 되었거늘, 어찌 네가 이제 와 그 이름을 더럽히느냐! 마왕에게 의탁할 만큼 목숨이 아까웠더냐! 절창과 놀아나더니 머릿속도 그놈처럼 썩어버린 게냐!"

"흥! 세상이 변하고 있는데 정파인들 홀로 옛 영화에 취해 있으니 한심한 광경이 아니오? 모용 공자는 현명하게도 시대의 흐름을 읽고 마왕께 투신하려 하니 격려는 못할망정 훼방을 놓지나 마시오!"

"네놈 주둥이부터 봉해야겠구나!"

두 사람이 자신을 앞에 두고 언성을 높이는데, 막상 장본인인 모용천은 어이가 없어 헛웃음이 나올 지경이었다. 모용천은 가까스로 입을 열었다.

"누가 누구에게 투신한다는 말인지 나는 전혀 모르는 소리요! 누군지 모르겠지만 허튼소리는 그만하시오!"

그러자 황상이 돌아보며 말했다.

"아니, 모용 공자! 이 황상을 모른다고 하실 작정이오?"

"내가 당신을 오늘 처음 봤는데 어찌 안다고 하겠소?"

"허어! 분명 모용 공자가 나를 통해 주군께 식솔들을 부탁하지 않았소!"

모용천은 어처구니가 없었다. 이 황상이라는 작자는 이름도 들어본 적이 없고 얼굴도 본 적이 없는 인물이다. 그런데 자신을 자꾸 걸고넘어지며 말도 안 되는 헛소리를 해대니 어이가 없어 말도 나오지 않는 것이었다.

"……"

그러나 당사윤의 눈에는 모용천의 침묵이 말없는 동의로만 비쳐졌다.

본래 모용천들의 행방은 이소에 의해 철저히 가려져 있었다. 그런데도 팽요색과 당사윤이 이곳까지 찾아올 수 있던 것은 바로 팽요색의 장남, 팽가력 덕분이었다.

팽가력은 절창이 모용천을 제마성으로 끌어들이려 한다고 생각했다. 서 아우니 혼례니 하는 것들은 다 핑계에 불과해, 한창 마음이 약해졌을 모용천이 혹시라도 넘어갈까 근심이 컸던 것이다. 하여 팽가력은 모용천들의 위치를 아버지인 팽요색에게 알렸다. 마침 권왕을 방문하고 앞으로의 일을 의논하기 위해 팽가장에 머무르던 당사윤도 함께 오게 된 것이다.

그런 마당에 지금 마왕의 수하의 이야기를 들었으니 모용천이 무슨 말을 하든 곧이곧대로 들릴 리 만무했다.

당사윤은 길게 소리치며 몸을 날렸다.

"두 놈 다 이 자리에서 죽여주마!"

휘리릭!

당사윤의 그림자가 황상과 모용천을 동시에 덮쳤다.

황상은 침착히 두 손바닥을 빙글 돌렸다. 저 먼 곳, 변경의 바람을 맞으며 홀로 창안해 낸 동선불회장(同線不回掌)이다.

콰콰콰쾅!

당사윤의 우장과 황상의 쌍장이 부딪치고, 세 손바닥이 부딪친 지점으로부터 돌풍이 일었다. 동시에 당사윤은 모용천을 향해 소도가 들린 왼손을 뻗었다.

카앙!

검신을 통해 거대한 위력이 전해진다. 모용천은 이를 악물고 검을 휘둘렀다.

바로 그때,

쉐에에엑!

긴 그림자가 무섭게 날아와 세 사람 사이에 꽂혔다. 막 시작하려던 공방이 무산되고, 당사윤과 모용천, 황상 세 사람이 각기 다른 방향으로 흩어졌다.

"또 웬 놈이냐……!"

당사윤은 철이 들기 전부터 당문 역사상 최고의 천재로 칭송받았다. 또 가주가 되어서는 당문 내에서뿐 아니라 사천 무림, 나아가 무림 전체에 위명을 떨쳐 독왕이라는 이름을 얻었으니 마음먹은 대로 되지 않은 일이 드물었다.

그런데 오늘, 모용천이라는 애송이 하나 잡는 데 방해가 끊이질 않으니 화가 머리끝까지 치밀어 오르는 게 당연했다. 이마에 핏대가 서 괴이하기까지 보이는 당사윤의 앞에, 황상이 거느리고 온 흑의복면인들의 포위망을 가르고 한 사람이 터덜터덜 걸어나왔다.

세 사람을 물러나게 한 긴 그림자는 한 자루 창이었다. 그를 향해 걸어나온 자는 절창, 기소위였다.

"이 친구!"

기소위의 출현에 도야객이 반색을 했다. 기소위는 도야객에게 고개를 끄덕이고 당사윤을 향해 고개를 돌렸다.

"그대는……?"

절창의 출현에 당사윤도 놀라 얼른 말을 잇지 못했다. 절창은 팽요색을 막고 있었으니 뒤쫓아오기 힘들 거라는 예상이 빗나간 것이다.

절창은 말없이 걸어와 땅속 깊이 박힌 창을 뽑아 들었다. 다시 보니 옷은 여기저기 해지고 곳곳에 상처를 입어 피투성이였다. 누가 보더라도 고전을 면치 못했음을 알 수 있었는데, 아니, 상대는 도왕 팽요색이지 않은가!

"괜찮습니까?"

모용천이 다가가 물었다. 절창은 고개를 살짝 끄덕이고 창을 들어 당사윤에게 겨누었다.

"이쯤에서 물러나시오. 그것이 서로에게 득이 될 터."

당사윤은 여전히 믿을 수 없다는 표정이었다. 그러나 아무리 바라봐도 눈앞에 나타난 자는 기소위지 팽요색이 아니었다. 그렇다면 도왕이 절창에게 패배라도 했단 말인가?

"으음……!"

당사윤은 저도 모르게 신음 소리를 냈다. 눈앞의 절창이 새롭게 보이는 것이다.

물론 그전까지도 십왕에 가장 가깝다는 등, 정파 무림에서 다섯 손가락에 꼽힐 고수라는 등 절창에 관한 이야기는 많았다. 그러나 그가 자신을 비롯한 십왕과 동격일 것이라고는 꿈에도 생각지 못한 일이었던 것이다.

"…팽 형은?"

"그 자리에."

기소위의 목소리에 실린 무게. 그 이상의 이유는 필요없었다. 당사윤은 말없이 기소위와 모용천, 황상을 차례로 노려보다 손을 들었다.

"오늘은 이만 물러나지. 오늘은."

당사윤의 지시에 따라 당문의 무인들도 백가면들을 놓고 일제히 물러났다. 당사윤의 모습이 사라지자 황상이 넉살 좋게 웃으며 말했다.

"하하핫! 이것 참, 조금만 더 늦으셨더라면 초상 치를 뻔했지 뭡니까? 과연 절창이십니다… 컥!"

황상의 두 눈이 커지고, 얼굴색이 파래졌다. 절창이 한 손으로 목을 조른 것이다.

"왜, 왜 이러십……!"

"여긴 어떻게 알고 왔지?"

"컥, 커억… 그, 그건… 도왕과 독, 독왕의 움직임을… 읽고……!"

"읽은 건 저 백사궁 놈들일 테고."

"컥, 컥!"

"…여태까지 날 미행한 건가?"

"크억… 예, 예… 헉!"

기소위의 손아귀 안에서 황상은 힘겹게 고개를 끄덕였다. 기소위는 그대로 황상을 땅바닥에 집어던졌다.

우당탕!

흙먼지를 일으키며 황상이 쓰러졌다. 기소위는 쓰러진 황상을 보며 말했다.

"제마성에서부터 나를 미행해 왔다면 누군가 지시를 내려서겠지. 누가 나를 미행하라 했지? 부성주인가?"

기소위는 쓰러진 황상에게 급기야 창을 겨누어가며 추궁했다. 보기 드물게 목소리에 노기가 섞여 있는 것이 몹시 화가 난 상태인 것 같았다.

"컥, 커억!"

그러나 황상은 아랑곳하지 않고 목을 만지며 기침했다. 직전까지 목이 졸렸고 지금은 또 창끝으로 위협당하면서도 황상은 여유를 잃지 않았다.

헛기침을 몇 번 하고, 목 상태를 확인한 황상이 웃으며 말했다.

"설마! 제가 부성주와 사이가 썩 좋지 않다는 걸 모르지는 않겠지요. 제가 하지도 않거니와 부성주도 저에게 그런 일을 시킬 리 없지 않습니까?"

"그럼 누구냐."

"제가 누구의 명을 받들어 모시겠습니까?"

황상의 능글맞은 대답에 기소위는 잠시 말을 잃었다.

지금 황상은 다른 사람도 아니고 황종류가 직접 자신을 미행하라 명하였다고 하지 않은가?

"내가 어디로 향하고 무엇을 하러 가는지 그가 알고 있었단 말이냐?"

"그건 몰랐고 그저 제 임무는 기 어르신이 눈치 못 채게 뒤따르는 것뿐이었습니다. 모용 공자와 만나고 함께 있다고 보고를 드리니 사람을 보내시며 최대한 정중히 모시라 했지요."

"……."

기소위는 가만히 서서 생각해 봤지만 황종류의 속을 짐작할 수 없었다.

기소위의 신의를 의심했다면 제마성을 나서는 순간 붙잡았어야 한다. 하지만 그렇지 않다면 특별히 목적이 없는 한 사람을 붙이는 것은 마왕이 할 법한 일이 아니다. 이것은 오히려 진첩결이나 할 일이지.

그러나 황상의 말대로 그는 진첩결과 사이가 좋지 않았다. 진첩결 주위에 절창의 일거수일투족을 감시하라며 미행을 맡

길 자는 많기에 굳이 황상을 쓸 이유가 없는 것이다. 또한 썼다 하더라도 황상이 움직여 줄 리도 없었다.

그렇다면 황종류의 의지라는 것인데, 애초에 기소위가 무슨 목적으로 무엇을 하러 가는지 짐작이나마 했다는 이야기다.

또 몰랐다고 해도 태연히 모용천을 초청하는 속내가 무엇인지 보이지 않았다.

"후우……."

기소위는 크게 한숨을 쉬고 모용천을 돌아봤다.

"미안하다. 이 이야기는 없던 걸로 하지."

이렇게 되었으니 모용천이 자신을 의심한다 해도 어쩔 도리가 없었다. 더구나 기소위의 성격상 이대로 모용천을 데리고 제마성으로 간다는 것은 용납할 수 없는 일이다.

그러나 모용천은 고개를 저었다.

"오히려 잘됐습니다. 당당히 들어갈 수 있겠군요."

"자네……."

바위같이, 웬만한 일에는 꿈쩍도 안 하는 기소위가 놀라 눈을 크게 떴다. 이런 상황에서 제마성으로 들어가겠다고? 차라리 눈을 가리고 호랑이 굴로 들어가는 편이 나을 것이다.

하나 모용천은 더없이 편안한 얼굴이었다.

"너……!"

도야객도 놀라 말을 잇지 못하고, 유 총관은 아예 입만 뻥긋거리고 있었다. 황상은 손뼉을 치며 즐거워했다.

"하핫! 과연 모용 공자외다! 천하를 들었다 놓기도 모자라기 어르신의 입마저 막다니! 하하하핫!"

크게 웃은 황상은 의미심장한 웃음을 지으며 짐짓 초대하는 듯 손짓했다.

"아무렴 잡아먹기야 하겠습니까? 주군을 비롯한 제마성의 살마들은 모두 모용 공자를 환영할 것입니다."

"그거 참 고맙구려."

모용천은 퉁명스레 대답하고, 유 총관을 향해 고개를 끄덕여 보였다. 유 총관에게 미안한 일이지만 지금은 서해영을 구하는 것이 무엇보다 급했다.

"왜! 왜!"

높은 목소리가 방 너머 복도까지 울려 퍼졌다. 방 밖에 서 있던 시녀들은 반사적으로 목을 움츠렸다. 목소리의 주인이 한 번 짜증을 내면 그 여파가 자신들에게 미친다는 것을 알기 때문이었다.

시녀들은 서로 마주보며 목소리를 낮춰 이야기했다.

"또 시작이야, 또."

"어떻게 하루에 뭐 하나라도 깨지 않고 넘어가는 법이 없니?"

"놔둬라, 놔둬. 아무렴 지금 성질이 안 나겠니? 너 같으면 제 아비보다 나이 많은 사람과 혼인하게 생겼는데 제정신이 겠어?"

"언니는 참, 그것도 사람 나름이지. 내 혼인 상대가 성주님이라면 아버지랑 동갑이든 꼬부랑 노인이든 뭔 상관이래? 안 그러우? 하여튼 세상 참 불공평하다니까."

"쉿! 너는 항상 그 입이 문제다, 문제야. 그러니 서 마님께 밉보이는 거 아니니?"

"흥! 마님은 무슨? 나보다 한참이나 어린 게."

"어쨌든 그 입 좀 다물어라. 나까지 피해보고 싶지 않으니까. 응?"

"네가 뭔데! 왜!"

소곤대는 그녀들을 질책하듯 방 안에서 또 한 번 앙칼진 고함 소리가 들렸다. 시녀들은 다시금 목을 움츠리며 불안한 표정으로 방문을 쳐다봤다.

"왜! 왜! 네가 뭔데! 왜 시키지도 않은 짓을 하고 그래!"

시녀들의 예상대로 서해영은 붉게 달아오른 얼굴로 방 안에 있는 집기들을 손에 집히는 대로 던지고 있었다. 침구며 베개, 꽃병과 문방구들까지.

하여튼 자신이 들어서 던질 수 있는 물건은 다 던지고 있었는데 앞에 서 있는 자, 절창 또한 서해영이 던지는 물건을 피하지 않고 고스란히 맞고 있었다. 던지는 사람이 지치는지 맞는 사람이 피하는지, 두 사람은 누구의 오기가 더 센지 경쟁이라도 하듯 던지고 맞기를 반복했다.

"헉! 헉……!"

결국 먼저 지친 쪽은 서해영이었다. 서해영은 가쁜 숨을 몰아쉬며 절창을 향해 원망을 퍼부었다.

"왜! 왜 시키지도 않은 짓을 하고 그래? 대체 왜!"

"……."

절창은 묵묵히 서해영의 말을 듣고 있었다. 변명이라도 했으면 좋으련만, 아무 말도 없는 절창이 더 보기 싫어 서해영은 손을 뻗어 잡히는 것을 집어던졌다. 벼루였다.

퍽!

검은 벼루가 날아 절창의 이마를 때렸다. 벼루가 맞고 떨어진 자리에 붉은 피가 흘렀다.

"왜……?"

아무리 무공의 고수라도 맨살에 벼루를 맞고 멀쩡할 리 없다. 아니, 벼루가 날아오는데 피하지 않을 사람이 없다. 가까운 거리에서 던졌다고는 하나 절창이 정말 맞을 줄은 몰랐던 서해영의 얼굴에 금세 핏기가 가셨다.

하얗게 질린 서해영의 얼굴과 달리 절창의 이마에서 피가 물처럼 흘러내렸다. 피에 가려 한쪽 눈을 감은 채로 절창이 말했다.

"보고 싶지 않았느냐?"

"……!"

서해영은 잠시 말을 잃고 방황하다 침상 위에 앉았다. 그녀는 넋 나간 얼굴로 절창을 보지도 않고 중얼거렸다.

"그래, 그랬었지… 하지만……."

보고 싶었다.

미칠 만큼.

하루하루, 도살장의 돼지처럼 날짜가 정해지지도 않은 혼례를 향해 죽어가는 날들 속에서. 풀 곳이 없어 애꿎은 시녀들에게 화를 퍼붓는, 그것이 잘못된 일인 줄 알면서도 멈출 수 없는 날들 속에서.

모용천이 보고 싶었다.

이제는 볼 수 없다고 생각했기 때문에 더더욱 모용천을 만나고 싶었다. 그와 이야기하고, 그와 걷고, 그와 웃고…….

"…뭐라고 했어?"

"무엇을 말이냐?"

"내가 여자라고 했을 때, 그가 뭐라 했냐고."

"짐작은 하고 있었다더군."

그래, 그랬겠지. 서해영은 저 얼어붙은 땅, 북해의 호수를 건너던 날을 떠올렸다. 호리호리한 체구와 달리 모용천의 등은 크고 따뜻해, 과연 사내답다는 생각이 들었다. 그 또한 등 뒤로, 맞닿은 살갗으로 서해영이 여인임을 알았을 것이다.

왜 그때는 그런 생각을 하지 못하고 그저 모용천에게 업혔던 것이 좋기만 했을까?

'죽고 싶다!'

서해영은 침상에 얼굴을 파묻었다. 그렇게 보고 싶었던 모용천이 지척에 와 있는데, 감히 보러 갈 용기가 나지 않았다.

"……"

찢어진 이마로부터 흐르는 피를 닦지 않고, 절창은 여전히 한 눈으로 괴로워하는 서해영을 바라봤다.

* * *

웅성웅성—

어느 성, 어느 도시를 막론하고 시장 바닥이 시끄럽지 않다면 무언가 잘못된 일이 분명하다. 쥐 죽은 듯 고요한 장터에 입 꽉 다문 장사치들이라니 상상하기도 힘든 광경일 것이다.

'그래, 당연한 일이지.'

모용천은 그리 생각하고 아무렇지도 않게 넘기려 했지만 신경을 쓰지 않으려 해도 그럴 수가 없었다.

"저자가……!"

"그래, 모용천! 모용천이라고!"
"어머… 듣던 것보다 어린데?"
"딱히 고수 같지는 않구만."
"그나저나 아직 한참 어리구만, 어려. 앞길이 구만리여."
"뭐가 아쉬워서 죽으러 왔대? 허 참!"

이렇게 사람들의 시선, 말 한마디 모두 모용천을 겨냥하고 있으니 어찌 신경이 안 쓰이겠는가? 모용천이 얼굴을 찡그리고 있으니 앞서 가던 황상이 뒤돌아보며 말했다.

"과연 무애검 모용 공자! 제마성 안에서도 이리 인기가 많을 줄은 모르셨겠지요?"

모용천은 눈살을 찌푸리며 대답했다.

"그 무애검이라는 말은 아무도 쓰지 않을 것이오. 물론 나 스스로도 써보지 않았고."

무애검이라는 말은 모용천의 거침없는 행보를 빗대어 붙여진 별호였다. 그러나 모용천은 실제로 이 말을 사람들이 얼마나 자주 사용했는지 몰랐고, 또 알고 싶지도 않았다. 물론 이 별호는 모용천이 남궁미인을 구한 그날부터 강호에서 아무도 쓰지 않는 말이 되었지만.

무애검이라는 말을 처음 가르쳐 준 사람, 모용천을 무애검이라는 이름으로 처음 불러준 사람이 한 사람이었다. 가슴 한 곳에 박혀 뺄 수 없는 이름, 남궁미인.

죽음을 불사하고 다른 이를 살리기 위해—실제 죽고 사는 문제는 아닐지라도—온 자신을 남궁미인은 이해해 줄 수 있을까? 본인에게 듣지 않고서는 모를 물음이기에 의문은 풀리지 않을 것이다.

그러나 모용천은 제마성으로 오면서 한 번도 망설이거나 두려워하지 않았다. 조악하나마 살아 있다는 것의 의미를, 남궁미인과 모용담이 준 생명의 가치를 나름대로 정의내리는 데 성공했기 때문이었다.

자신이 죽었다면 서해영에게는 아무런 희망조차 없었을 것이다. 고양이 쥐 생각하듯 던져 준 이 년의 시간을 보내고, 고이 마왕에게 돌아가 남은 평생을 그의 부인이 되어 살아가는 운명. 그 어둠뿐인 운명을 묵묵히 받아들여야만 했을 것이다.

그러나 모용천이 살아 있기에, 서해영을 위해 내던질 목숨이 있기에 그녀는 마냥 절망하거나 체념하지 않아도 되는 것이다. 그것은 또한 모용천 자신에게도 커다란 기쁨이 될 터였다.

물론 그것만으로 제마성으로 향하는 데 모든 갈등이 해소된 것은 아니었다. 아직 그에게는 모용세가를 오대세가의 하나로 올려놓아야 할 과제와 유 총관을 안심시켜야 할 의무가 남아 있었다.

하지만 중첩된 문제들 가운데 고민만 하고 있을 수는 없는 노릇이다. 이 문제는 이것 때문에 못 하고, 이 문제는 저것 때문에 안 되고… 모용천은 더 이상 그러한 미혹에 빠져 망설이고 싶지 않았다. 망설이기에는 이미 잃어버린 것들이 너무 컸다.

지금 당장 할 수 있는 것.

서해영을 마왕의 부인이 될 운명으로부터 구해내는 일.

그것이 모용천이 해야 할 일이었다.

"허어! 그렇다면 무엇으로 불러 드려야 할까요?"

황상은 과장된 표정과 몸짓으로 되물었다.

모용천은 당사윤과 맞서는 황상의 모습을 본 일이 있었다. 비록 당사윤의 앞이라 그 빛이 바래긴 했지만 그 역시 절정에 다다른 고수였다. 그것도 강호에 그 존재가 전혀 알려지지 않은 고수!

하지만 황상의 말과 행동은 그가 지닌 무위에 어울리지 않게 가볍기 그지없었다. 하지만 그러면서도 음흉한 속이 간혹 보이는데 이것이 숨기지 못한 마음인지 일부러 내비치는 것인지 알 길이 없었다.

"부르지 마시오."

모용천은 차갑게 잘라 말하고 성큼 앞으로 나갔다. 황상은 앞서 가는 모용천을 보며 헛웃음을 지었다.

두 사람은 제마성 내에 형성된 저잣거리를 가로질러 중심부에 세워진 본성(本城)을 향해 가고 있었다. 바늘처럼 삐쭉 솟아 있는 본성은 상대적으로 낮은 주변 건물들과 대비되어 제마성 어디에서도 한눈에 볼 수 있었다.

길은 잘 정비되어 있었고, 오가는 사람들은 활기찼다. 무림인이라고 해봐야 저잣거리를 지나는 열 사람 중 겨우 두셋이나 될까? 제마성이라 하여 마귀들의 소굴, 지독한 사파의 인물들만 모여 있을 줄 알았는데 오히려 사람 냄새가 진하다.

험한 산세 가운데에 세워졌다는 사실과 그 규모에 한 번 놀라고, 그 안에서 생기있게 살아가는 사람들로 인해 두 번 놀라는 곳이 제마성이었다.

어쨌든 사람들의 따가운 시선을 받아가며 본성을 향해 걷고 있는데 누군가 앞을 가로막으며 호기롭게 소리치는 것이었다.

"이봐, 네가 모용천이라는 애송이냐?"

대로 가운데에서 모용천을 가로막은 자는 두 자루 도끼를 손에 든 거한이었다. 모용천은 황상을 돌아봤다.

"마왕이오?"

황상은 두 어깨를 들썩거리며 대답했다.

"설마!"

"그럼 됐소."

모용천은 말없이 거한의 옆을 빠져나갔다.

"이놈이!"

거한이 화를 내며 손을 뻗었다. 솥뚜껑만 하다는 말이 과장이 아닐 만큼 두꺼운 손바닥이 모용천의 팔뚝을 잡았다. 아니, 잡았다고 생각한 순간 거한의 몸이 한 바퀴 돌아 땅 위에 떨어졌다.

철퍼덕!

"어이쿠!"

거한은 비명을 지르며 떨어져 일어날 줄 몰랐다. 단순히 내던져진 것이니 상처가 깊을 리 없다. 이런 경우 태반은 부끄러워서인데, 거한도 그런 듯 벌게진 얼굴로 입만 오물거리고 있었다. 모용천은 황상을 돌아보며 말했다.

"이게 제마성의 손님 대하는 방식이오?"

황상은 웃으며 말했다.

"워낙 혈기 왕성한 인물들이 많다 보니 뭐, 이런 사고도 심심찮게 일어나는 법이지요."

제마성에 모인 자들이 모두 마왕의 힘에 고개를 숙이고 들어왔지만 제 자존심마저 꺾은 것은 아니었다. 누구나 '마왕 아닌 다른 자에게 충성을 맹세할 일은 없다'고 생각하고 있으니 자연 하루걸러 한 번 꼴로는 구성원들 간의 다툼이 끊이지 않았다.

그런데 거한을 지나쳐 가는 모용천의 앞을 또 가로막은 자들이 있었다. 한 사람은 키가 작달막하고 머리가 벗겨진 노인이요, 또 한 사람은 키가 훤칠한 호남자였다.

저잣거리의 상인들 중 한 사람이 소리쳤다.

"현마노야(玄魔老爺) 금구중(金求重)이다!"

"저건 단말요성(斷末搖聲) 사문수(史紊手)가 아닌가? 한동안 보이지 않더니 어쩐 일이지?"

거한과는 다르게 사람들이 웅성거리기 시작했다. 제마성의 주민들은 강호인들이 한 번 보기도 힘들다는 거마들을 일상처럼 보고 다니는 자들이다. 자연 이들을 놀라게 한다면 보통 인물이 아닐 것이었다.

대머리 노인이 짧은 수염을 고르며 말했다.

"말이야 많이 들었다만 실제로 보니 정말 어리군! 외전각주의 오른손을 잘랐다는 게 사실인가?"

그러자 옆에 선 청년이 비웃었다.

"늙은이 머리로는 이해할 수 없는 게 당연하지. 이야기는 젊은 사람들끼리 해야 통하는데, 알아서 꺼져 주시지요?"

상인들의 말대로 노인은 현마노야 금구중, 젊은이는 단말요성 사문수라 했다. 이들은 강호에 악명이 자자한 마두들로 역시 마왕의 힘에 굴복하여 제마성에 가입한 고수였다.

특히 금구중은 스스로 외오각주들과 비교하여 손색이 없

다 자부하고 있었으나 마땅한 기회가 없었다. 그런데 지금 외오각주들을 차례로 꺾은 모용천이 제마성에 왔다니 한걸음에 달려온 것이다. 자신의 실력을 세인들에게 알릴 절호의 기회였다.

사문수는 단말요성이라는 별호답게 음공의 고수였다. 허리에는 퉁소, 등에는 금(琴)을 메고 다니며 사람들을 홀리는데 그 솜씨가 기가 막혔다. 문제는 그가 그러한 재주를 자신의 욕망을 채우는 데 주로 썼다는 점에 있었다. 특히 그는 혼례 도중에 난입하여 음공으로 사람들을 비탄에 잠기게 하고, 자신은 신부를 납치하는 등 간악한 짓을 서슴지 않는 희대의 색마(色魔)였다.

금구중이 말했다.

"이 더러운 색마 놈이 뉘 안전이라고 입을 함부로 놀려? 네놈이 내쉬는 숨도 더러우니 썩 꺼지지 못해?"

"아무렴 늙은이 입냄새보다 더하려고?"

사문수도 지지 않고 대꾸했다.

모용천은 한숨을 쉬었다.

'어딜 가든 피곤한 사람들투성이구나!'

모용천은 될 대로 되라는 심정으로 성큼 걸음을 내딛었다.

"얼레?"

그 모습을 본 황상의 두 눈이 휘둥그레졌다. 현마노야 금구중과 단말요성 사문수는 나름 제마성 내에서도 손꼽히는 고수였다. 물론 자신이 나서서 두 사람을 물러나게 할 수도 있었지만, 황상은 자신의 역할이 어디까지나 모용천을 황종류에게 안내하는 것이라고 생각했다. 안내하는 것에는 모용천을 보호하거나 귀찮은 일을 대신 처리해 주는 사항이 포함되어 있지 않다는 것이 황상의 판단이었다. 또 두 사람의 고수를 앞에 두고 모용천이 어찌 대응할지 보고 싶기도 했던 것인데, 모용천은 두 사람을 아예 없는 사람 취급하고 걸어나가는 게 아닌가?

성큼성큼 걸어오는 모용천을 보는 금구중과 사문수도 놀라기는 마찬가지였다.

"이, 이놈이?"

"……!"

두 사람 모두 일류 이상의 고수이니 모용천이 어떠한 경지에 올라 있는지 알아보지 못할 바가 아니었다. 자신들을 향해 걸어오는 모용천의 기도는 상상을 뛰어넘는 것이었다.

'아니, 뭐 이런 놈이 다 있냐?'

'이런 젠장! 여기서 물러나면 어디 얼굴이나 들고 다니겠어?'

금구중과 사문수는 물러나야 한다는 본능과 한 번 손이라도 섞어야 한다는 체면 사이에서 갈피를 잡지 못했다. 모용천은 진기를 끌어올리며 두 사람을 압박해 들어갔다.

'한 번에 끝내자, 한 번에.'

그리 마음먹은 모용천이 자신의 간격 안에 금구중과 사문수를 넣었을 때, 한 목소리가 끼어들었다.

"주군이 청하여 모신 귀한 손님입니다. 두 분은 주군의 체면을 돌보지 않을 셈입니까? 어서 길을 비켜주십시오."

차분하면서도 거역하기 힘든 묘한 울림이었다. 모용천은 걸음을 멈추고 목소리가 나온 쪽으로 고개를 돌렸다. 그의 시야에서 벗어나자 금구중과 사문수는 안도의 한숨을 쉬며 물러났다. 체면이 상하지 않으면서도 상황을 무마시킬 수 있는 기회였으니 놓칠 수 없었다.

처음부터 두 사람은 모용천의 관심거리가 아니었다. 그들이 물러나든 말든 상관 않고, 모용천은 목소리의 주인과 시선을 마주했다.

익숙한 얼굴, 마왕의 차남 황유극이었다.

"오랜만에 뵙는군요. 그간 잘 지내셨습니까?"

황유극이 먼저 포권의 예로 인사했다. 모용천보다 십여 년 연상이지만 손님으로 깍듯이 모시겠다는 뜻을 표한 것이다.

"덕분에."

모용천은 고개를 까닥이는 것으로 답례를 대신했다. 뒤늦게 황유극은 자신의 잘못을 깨닫고 고개를 숙였다.

"불찰을 용서하십시오."

바로 얼마 전 집이 불타고 부친을 잃은 사람에게 잘 지냈냐며 안부를 묻다니, 멀쩡한 정신으로 할 소리가 아닌 것이다.

모용천은 제대로 응대하기 싫었을 뿐이지 황유극의 의례적인 인사에 과민 반응한 것은 아니었다. 하지만 일일이 설명하는 것도 우스워 말없이 황유극의 사과를 받아들였다.

"비백면주께 미리 전갈을 받았습니다. 이쪽으로 오시지요."

미리 지시해 둔 건지 제마성의 복면인들이 길 양옆으로 죽 늘어서 있었다. 워낙 제멋대로고 혈기왕성한 자들이 많아, 방금 전처럼 모용천에게 달려드는 이들을 미리 방지하는 처사였다. 물론 다소 늦은 감이 있었지만.

황유극은 모용천과 나란히 걸으며, 뒤따르는 황상에게 말했다.

"절창께서는 함께 안 오셨습니까?"

"기 어르신은 귀환하시자마자 어디론가 사라지셨습니다. 뭐, 워낙 그런 분 아닙니까? 성 안에 있는 것은 확실하니 너무 걱정 마십시오."

"……!"

황유극의 안내를 받아 본성 안으로 들어서자 모용천은 자신에게로 쏟아지는 끝 모를 살기를 느꼈다. 살기만이 아니라 무시무시한 기운들까지. 이는 하나가 아니라 여러 사람의 것이었는데, 하나같이 날 선 적의를 드러내고 있었다.

수십 자루 검이 날을 번뜩이는 바닥으로 뛰어내리는 기분이었다. 보이지 않는 저편에서 전해져 오는 이러한 감각은, 그 막연함이 공포를 더욱 부추기는 성질을 가지고 있다. 제아무리 모용천이라도 간담이 서늘할 수밖에 없었다.

"왜 그러십니까?"

웃으며 묻는 황유극의 얼굴이 두려움을 증폭시켰다.

'설마 마왕이 보자고 청하였는데 수하들이 나를 어쩌진 않겠지.'

모용천은 심호흡을 한 번 하고, 본성 안으로 들어갔다.

"……!"

"……!"

과연, 본성 안에서 모용천을 기다리던 자들이 눈에 들어왔다.

황유극, 섭영귀, 혈랑도객, 항불, 요검, 관음지 등등. 그중 요검과 관음지를 제외하고 황유극, 섭영귀, 혈랑도객, 항불 네 사람은 말 그대로 모용천을 잡아먹을 듯 노려보고 있었다. 특히 황유극과 섭영귀의 눈에서는 불을 피운 듯 매섭다 못해 빛이 날 정도였다.

그들의 반대편에도 눈에 익은 자들이 있었다. 황지엽과 황평군, 두 형제였다. 그중 황평군의 눈 또한 지독한 적의로 빛나고 있었다.

'저치는 또 왜 저래?'

황평군과는 한 번밖에 만나지 못해 기억도 나지 않을 정도였다. 모용천은 가만히 기억을 더듬어 황평군과 처음 만났을 때를 떠올렸다.

황평군이 모용천과 만났던 때는 그의 오만함이 하늘을 찌르던 시절이었다. 마왕의 혈육이라는 태생적 귀함과 타고난 무학의 재능을 과신하던 때. 그리고 무엇보다 존경해 마지않는 손위 형과 함께 강호에 나왔던 때이니 눈에 보이는 게 없었다.

그런 거만함이 요녕에서 온 촌뜨기에게 갈기갈기 찢겨졌으니 원한을 품을 만도 하다.

'설마 그때 그 일 가지고 아직도 나를 미워하나?'

맞은 놈이 두 다리 펴고 잔다지만 세상 어디에 그런 놈이 있단 말인가? 맞은 놈은 두고두고 원한을 곱씹지만 때린 놈은 자신이 누구를 때렸다는 사실도 잊기 일쑤다. 모용천은 대수롭지 않게 생각하고 기억조차 희미한 그 일이, 황평군에게는 평생 잊지 못할 치욕이었던 것이다.

그에 반해 중요한 자리에서 싸우고 패배했던 황지엽은 별

다른 감정을 내비치지 않고 있었다.

'…….'

그러나 그 메마른 눈동자 뒤편에 얼마나 커다란 고통이 소용돌이치고 있는가는 누구도 모르는 일이었다.

"이쪽으로 오시지요."

모용천은 황유극이 이끄는 대로 걸음을 옮겼다. 공교롭게도 황무기들이 일렬로 서 있는 앞을 지나게 되었는데, 황무기와 섭영귀가 모용천을 보며 이를 갈았다.

"너 이놈, 배짱 한번 좋구나. 어디, 들어올 때처럼 두 발로 나갈 성싶으냐?"

황무기가 낮은 소리로 경고하고, 섭영귀는 잘린 손 대신 끼워 넣은 갈고리 끝을 들이밀기만 할 뿐 대답하지는 않았다.

"……."

크르르르릉―

혈랑도객의 발아래 있던 혈랑도 어금니를 드러내며 모용천을 위협했다. 혈랑의 한쪽 눈은 감겨 있고 그 위에 자상이 선명했다. 자신에게서 한 눈을 빼앗아간 상대를 잊지 않았는지 금방이라도 달려들 기세였다.

"진정해라."

혈랑도객은 혈랑의 목덜미를 쓰다듬으며 모용천을 노려봤다. 말은 안 하고 있을 뿐, 그 역시 혈랑과 같은 마음이었다.

혈랑에 비하면 어떤 인간도 그에게는 하찮은 존재였다. 당장에라도 모용천의 목을 베고 싶은 마음이 굴뚝같았지만 극도의 자제심을 발휘할 수밖에 없었다. 누가 뭐래도 모용천은 황종류의 손님이었으니까.

그들을 지나친 시선은 요검과 마주하게 되었다.

"……."

황무기나 섭영귀가 위협을 하든, 혈랑이 이빨을 드러내든 고요하던 마음이 요검의 시선을 받은 순간 출렁였다. 모용천은 자신이 마왕의 손님 된 자격으로 왔으니, 이들이 자신을 증오해 마지않는다 해도 섣불리 행동하지 않을 거라는 믿음이 있었다. 그러나 이자, 요검 은삼교만은 그러한 믿음이 통하지 않을 것 같았다.

요검과의 일전에서 승리한 것은 모용천이었지만, 그 변화무쌍한 심사와 이해할 수 없는 행동은 그에게 온전한 승리감을 선사하지 않았다. 제 목에서 피를 쏟으며 사라지던 은삼교의 모습은, 아직도 모용천의 뇌리에서 이해할 수 없는 광경으로 선명히 남아 있었다.

과연 은삼교의 목에는 수많은 상처가 남아 있었다. 저것은 모용천이 아니라 은삼교 본인의 작품이다. 아직도 그날 그 일전을 떠올리면 절로 몸서리치는 것이었다.

그랬던 은삼교이니 설령 마왕의 명령이라고 그를 제어할

수 있을지 의문이었다. 모용천은 언제라도 대응할 수 있도록 긴장을 늦추지 않고 은삼교를 지나쳤다. 따가운 시선은 얼굴을 지나 뒤통수에까지 따라와 꽂혔다.

나선형 계단을 몇 바퀴나 돌아 나오자 긴 복도가 기다리고 있었다. 황상은 계단을 오르기 전 빠지고, 황유극만이 여기까지 모용천과 함께하고 있었다.
복도를 반쯤 지나자 황유극이 입을 열었다.
"어머니와는 언제부터 알고 지냈습니까?"
"어머니라니요?"
황유극의 어머니를 자신이 어찌 알고 지냈단 말인가? 반문하는 모용천의 머리에 와 닿은 생각이 있었다. 과연, 황유극의 대답이 그러했다.
"하하! 이거, 실례했군요. 하긴 모용 공자에게는 정인(情人)일 테니 제가 어머니라 부르는 게 달갑지 않겠지요?"
황유극의 어머니란 서해영을 부르는 말이었다. 황유극은 홀로 묻고, 홀로 대답했다.
"그러면 어디 보자… 아직 어린 소녀이니 서 낭자라고 해야 하려나?"
"당신이 어떻게 부르든 나와는 상관없는 일이오."
실제로 모용천은 황유극이 서해영을 뭐라고 부르든, 비하하거나 욕을 하는 게 아니라면 아무 상관없었다. 다만 모용천의 주의를 끈 것은 그전 황유극이 언급한 정인이라는 단어였다.

"정인이라는 말은 대체 무엇이오?"

"모용 공자는 서 낭자와 서로 연모하는 사이 아닙니까? 그렇지 않으면 제마성에 제 발로 찾아올 이유가 없지 않습니까."

멈칫.

모용천이 문득 걸음을 멈췄다. 한 발 앞서 멈춘 황유극이 왜 그러냐는 듯 모용천을 바라봤다. 모용천이 황유극에게 물었다.

"서로 연모하는 사이라니, 그건 또 무슨 소리요?"

황유극은 사람 좋게 웃으며 대답했다.

"숨기지 않으셔도 됩니다. 아직 아버님과 혼례를 올린 것도 아니고… 청춘 남녀가 정분이 날 수도 있지요. 저는 그런 걸로 뭐라 할 사람이 아닙니다."

모용천은 황유극을 보며 생각에 잠겼다.

서해영이 강호를 자유로이 다닐 수 있었던 것은 황종류에게 이 년의 기한을 약속받았기 때문이다. 그 기한은 황종류보다 나은 신랑감을 찾기 위함이니 사실상 서해영 생애 마지막 시간이라고 보아야 할 것이었다.

그리고 서해영은 그중 일 년을, 모용천을 살리기 위해 버렸다. 아니, 모용천의 목숨과 바꾸었다.

그 일 년을 되찾아주는 방법은, 아니, 최종적으로 서해영을 자유롭게 해주는 방법은 단 하나 황종류를 제거하는 것뿐이다. 모용천은 그것을 염두에 두고 왔으나 실제로는 자신이 서해영이 강호 유람 중 찾은 후보 중 하나라고 할 셈이었다. 그것으로 서해영에게 남은 일 년이 허락된다면 절창에게 부탁해 그녀를 안전한 곳으로 도피시켜 달라고 할 참이었다.

하지만 그사이 모용천이 놓치는 부분이 있었으니, 바로 그가 후보 중 하나가 되기 위해서는 서해영을 여인으로 보고 사모해야 한다는 점이다. 아니, 적어도 그렇다고 '주장'은 해야 했다.

놓치고 있었던 사실을 새삼 깨닫고 혼란스러워하는 모용천에게 황유극이 기름을 부었다.

"어머니… 아니, 서 낭자도 모용 공자를 생각하는 마음이 각별하더군요. 곁에서 보기 안타까울 정도입니다."

"서 아우가? 그건 또 무슨 소리요?"

"그 나이 계집아이들이야 현실은 보지 못하고 한 번 정분이 나면 물불 가리지 않는 게 다 똑같지 않습니까?"

황유극은 지난날 절창과 서해영의 대화를 엿들은 일이 있었다. 그때 황유극은 서해영이 모용천을 각별히 여기는 마음을 알고 이를 어찌해야 할지 혼란에 빠졌었는데, 결국 그가 할 수 있는 행동이란 황종류에게 보고하는 것뿐이었다.

부인 될 여인이 다른 정인을 마음에 품고 있다는 이야기를 듣고도 황종류는 별다른 반응을 보이지 않았다. 일단 그에게 중요한 것은 그 서해영과 밀접한 관계를 보이는 자가 사사건건 방해꾼 역할을 해오던 모용천이라는 사실이었다.

그때 마침 절창이 보고 없이 제마성을 나섰고, 황종류는 은밀히 황상을 불러 절창을 미행, 감시하라 명했던 것이다.

'서 아우가 나를 연모한다고?'

한 번도 생각해 보지 못한 일이다. 황유극의 말을 곧이곧대로 믿는다는 것도 우스운 일이라, 모용천은 입을 다물고 걸음을 재촉했다.

모용천에게 원한이 있거나 호기심이 있어 모여든 제마성의 고수들은 흩어져 제 갈 곳으로 간 지 오래였다. 그러나 여전히 남아 있는 두 사람이 있었는데, 황지엽과 황평군 형제였다.

황평군이 웃으며 말했다.

"정말 제 발로 올 줄이야! 제아무리 놈이라도 이번에는 살아나가지 못할 겁니다."

모용천을 바라보던 적의에 찬 눈은 그가 계단 위로 사라지자 이내 환희로 바뀌어 있었다. 황평군은 모용천의 죽음을 예단하고 기뻐하다가 황지엽에게 물었다.

"왜 그러십니까? 이제야 그날의 치욕을 갚게 되었는데 형님은 기쁘지 않으십니까?"

당한 것으로 따지자면 황지엽이 품어야 할 원한은 황평군의 열 배, 스무 배가 넘어야 했다. 황평군이야 객잔에서 당한 것뿐이지만 황지엽의 패배는 수많은 무림인들에게 두고두고 회자되지 않던가? 그러나 황지엽은 모용천을 보고도 별다른 반응을 보이지 않아 황평군이 의아해할 수밖에 없었다.

"아니다."

황지엽은 본래 무공에 별 뜻이 없었고, 그날의 패배도 그저 졌다는 사실을 받아들였을 뿐 자신을 쓰러뜨린 모용천에 대한 원한은 있지 않았다. 마천상야공을 잃고 오랫동안 병석에 누워 있어야 했지만 모용천이 사술을 쓴 것도 아니고, 정당한 싸움에 패배하였으니 원한을 가질 이유가 없었다(물론 그렇지 않은 경우가 대부분이지만, 적어도 황지엽이 생각은 이랬다).

그렇게 원한을 가진 것도 아니고, 모용천을 보고도 아무렇지 않은 듯 행동하는 황지엽이었지만 실상은 그렇지 않았다. 태연을 가장하였지만 가슴 밑바닥에서는 수많은 고통과 번민이 들끓고 있었던 것이다.

'이해할 수 없다. 뻔히 죽을 수밖에 없다는 걸 알면서도 어찌 본 성에 왔단 말인가?

수많은 상념이 머릿속을 헤집었지만, 대부분이 황지엽 자신에 대한 비난이요, 분노였다.

어머니 될 자이다.

천륜을 거스를 수는 없다.

황지엽은 그동안 수없이 자신을 억누르고 타일러 왔다고 생각했다. 그러나 제마성 한가운데 나타난 모용천이 그러한 황지엽의 생각을 산산조각 내버린 것이다.

서해영을 사랑하지만 사랑할 수 없다는 황지엽의 판단은 그녀가 아버지 황종류의 부인으로 내정되어 있기 때문이 아니었다. 그것은 핑계이며 동시에 자기기만에 불과했다.

황지엽을 억눌러왔던 것은 황종류에 대한 두려움이었다.

무슨 말을 덧대든, 그 이면에는 뼛속까지 파고든 공포가 자리 잡고 있었던 것이다.

콰앙!

황지엽이 갑자기 벽을 때렸다. 파편이 튀며 자국이 남고, 손에는 피가 흘렀다.

"형님!"

황평군이 깜짝 놀라 외쳤다. 황지엽은 피로 물든 손을 흔들었다.

"아무것도 아니다, 아무것도."

빈 말이 아니다.

쓰라린 손마디가 어찌 지금 마음의 고통에 비할쏜가.

모용천의 등장으로 황지엽은 못나고 추한 자신과 정면으로 마주하게 되었다. 아니, 마주 볼 수밖에 없게 된 것이다.

"젠장!"

분하다.

수많은 눈들 앞에서 패배했을 때에도 이렇게 분하지는 않았다. 무공의 고하가 아니라 인간으로, 남자로서 모용천에게 완벽히 진 것이다.

"형님……?"

그 속을 짐작하지 못하는 철없는 동생이 이럴 때에는 오히려 고마웠다. 황지엽은 애써 웃어 보이고, 황평군에게서 등을 돌렸다.

    *   *   *

긴 복도가 끝나고 하나의 문만이 모용천의 앞에 서 있었다. 어느새 황유극도 사라져 을씨년스러운 공간에 모용천 한 사람만이 남아 있었다.

'이 안에 있다는 건가.'

모용천은 문고리를 잡고, 잠시 이제껏 만나 온 십왕들을 떠올렸다.
 권왕 우진, 수왕 안남효, 검왕 남궁익, 빙왕 진하굉, 도왕 팽요색, 독왕 당사윤.
 웬만한 무림인은 평생 한 사람도 보기 어렵다는 십왕을 모용천은 여섯 명이나 만났었다. 그중에는 모용천에게 호의적인 자도 있었고 적대적인 자도 있었으며 그를 이용하려는 자도 있었다.
 마왕은 어떨까?
 황종류의 입장에서 모용천은 눈엣가시 같은 존재일 게 분명했다. 권왕의 영웅연과 제마성의 출범을 알리려는 계획을 망친 것은 시작에 불과했다. 제마성의 내로라하는 고수들을 꺾고, 수왕과 빙왕을 정파 무림맹의 지지자로 만들었으니 방해자나 걸림돌 정도로 설명될 수 없을 것이다.
 그에 더해 이제는 자신의 여자마저 빼앗으려 하다니 아마 마왕은 자신을 잡아먹고 싶어할지도 모른다. 모용천은 생각했다.
 '게다가 연모하지도 않으면서… 이게 가장 화가 날 일이겠군.'
 스르륵—
 슬며시 밀었을 뿐인데 육중한 문이 부드럽게 열렸다. 문틈으로 칼바람처럼 닥칠 것 같았던 살기도 없었다.

대신 방 안을 가득 채우는 것은 끝 모를 적막뿐.

한 점 달빛도 닿지 않는 숲 속으로 들어가듯 모용천은 조심스럽게 한 발을 내밀었다. 그곳에는 백의를 입은 청수한 장년인이 앉아 있었다.

'이자가 마왕이란 말인가?'

우진을 처음 봤을 때에도 그랬지만, 처음 만난 황종류는 그 이상으로 무림인이라는 인상을 받기 힘들었다.

깔끔한 이목구비, 잘 정돈된 수염.

학문에 심취한 유생이라고 해야 어울릴 이 장년인이 천하를 집어삼키려는 마왕이라니 놀라운 일이었다.

'하긴 아들들을 생각해 보면……'

모용천은 이내 놀란 가슴을 가라앉혔다. 황무기는 타고난 무골이었지만 황유극이나 황지엽, 황평군까지 세 형제는 아버지의 피가 짙었는지 무림인이라는 태가 나질 않았다. 특히 황지엽은 체격도 호리호리하고 얼굴도 깔끔하면서 귀한 상이라, 경극 배우가 더 어울릴 정도였으니 말할 것도 없었다.

마왕의 방은 넓은 편이었다. 크기도 크거니와 딱 필요한 만큼의 집기만 갖추고 있어 허전하다 싶을 정도였다. 그 가운데 빈 의자 하나가 모용천을 기다리고 있었다.

"앉게."

마왕의 입에서 처음 나온 한마디였다. 인사도 뭐도 아닌,

앉으라는 한마디.

"예."

모용천도 인사를 생략하고 의자에 앉았다. 다른 이들에게는 그나마 예의를 차리던 모용천이지만, 황종류의 앞에서는 그게 잘되지 않는다. 그렇다고 어색하다거나 어려운 것도 아니었다. 아니, 오히려 그보다는…….

"기묘하군."

먼저 말을 꺼낸 쪽은 황종류였다.

"무엇이 말입니까?"

모용천이 물었다. 황종류는 갑자기 오른손을 들어 모용천을 향해 뻗었다. 모용천은 가만히 앉아 눈 하나 깜빡이지 않고 그 모습을 바라봤다. 황종류의 손은 모용천의 바로 앞에서 멈췄다.

"……."

황종류는 모용천의 눈앞에서 허공을 잡는 시늉을 했다.

"그렇게 잡으려 했을 때에는 잡히지 않더니."

모용천을 잡기 위해 제마성이 들인 공이 얼마나 컸던가?

제마성의 핵심 전력이랄 수 있는 외오각주들이 잇달아 패배하고, 일반 무인들의 피해도 무시 못할 정도였다. 강호에서 그들을 운용하는 자금은 또 어떠한가? 일찌감치 잡아들이지 못한 모용천이 수왕과 빙왕으로 하여금 정파 무림맹을 지지

하도록 만들었음을 생각해 보라.

그러나 가장 큰 피해라 할 것은 사람도 아니요, 돈도 아니다. 모용천이 제마성에게 입힌 가장 큰 피해는 바로 시간이었다.

황종류가 제마성의 출범을 가장 큰 자리, 권왕의 영웅연을 빌어 알렸다는 것은 그만큼 준비가 철저히 되어 있었다는 뜻이다. 당연하게도 그 이후의 일정은 준비된 만큼 일사천리로 진행되었어야 했다. 정도 무림이 우왕좌왕하고 있는 동안 제마성은 새외의 십왕들을 미리 포섭하고 동시에 사파에 잔존한 반대자들을 정리해야 했다는 말이다.

그러나 그중 예정대로 진행된 일은 단 하나, 염왕 한 사람을 제마성의 지지자로 만든 것뿐이었다(물론 금웅 육주당과 같이 사파의 반대자들을 숙청하거나 끌어들이는 일도 진행되긴 하였으나 그 비중은 극히 미미했다).

그렇게 제마성이 미적거리는 동안 권왕은 정파 무림맹을 세우고 구파일방을 끌어들였다. 또한 수왕을 끌어들이고 빙왕마저 정파 무림맹의 지지자로 만들었으니 제마성으로서는 피가 거꾸로 솟을 일이다.

그렇다면 제마성은 왜 후발주자인, 그것도 제마성에 대항하고자 급조된 정파 무림맹에 덜미를 잡혔는가?

그게 다 모용천 때문이다.

수사적 표현이 아니다. 실제로 모용천 한 사람이 제마성 전체를 붙들어두고, 또 일을 망쳐 버렸던 것이다. 제마성의 출범을 널리 알리고 멋지게 귀환해야 했던 외오각주들을 중원에 머무르게 한 것도, 수왕과 빙왕을 정파 무림맹에 빼앗긴 것도 모두 모용천의 작품이었으니 말이다.

덕분에 모용천을 잡고자 마왕이 오랜 칩거를 깨고 제마성 밖으로 나오기까지 하지 않았던가!

이렇게 근 일 년 사이 무림의 중심은 누가 뭐래도 모용천이었다. 모용천의 행보는 그의 의지와 상관없이 정사 무림의 판도를 결정짓고 있었던 것이다.

어쨌든 황종류가 직접 나서서 사천까지 가도 잡지 못한 모용천이다. 그런데 이제 상관없다고 마음을 고쳐먹으니 제 발로 걸어 들어온 것은 대관절 무슨 조화란 말인가?

"이제 와 제 발로 내 앞에 앉았으니 기묘한 일이지."

황종류는 벌렸던 손을 오므렸다.

"……!"

쭈뼛, 목 뒤로 소름이 돋았다.

황종류가 기를 일으켜 위협을 가한 것이 아니다. 그저 벌렸던 손가락을 하나하나, 새끼손가락부터 약지, 중지, 검지까지 차례로 굽혔을 뿐이다. 그러나 그 모습이 마치 그물에 걸린 먹이를 보고 기뻐하는 거미의 입과 겹쳐 보였다.

의지의 영역 밖, 피 아래 새겨진 절지동물에 대한 혐오감이 모용천의 살에 소름을 돋우는 것이다.

'거미 같은 자다.'

청수한 외모에 가려져 있던 마왕의 탐욕을 엿본 순간이었다.

모용천은 마른침을 삼키며 대꾸했다.

"저도 이럴 줄은 몰랐습니다."

"……."

마왕은 대답 대신 모용천을 물끄러미 쳐다봤다. 모용천은 무슨 일인가 싶어 기다리다, 그 시선이 부담스러워 고개를 돌리며 말했다.

"왜 이러십니까?"

대답 대신 마왕의 시선이 모용천의 눈 속을 파고들었다. 모용천은 그로부터 벗어나지 못하리라 직감하고, 마음을 가다듬어 마왕의 시선을 정면으로 받아들였다.

한 잔의 차가 식을 무렵, 모용천의 눈 속을 들여다보던 마왕이 웃으며 말했다.

"연모하지 않는군."

"예?"

"서해영."

"……."

모용천은 반문하던 입을 다물었다.
"그래서 온 눈이 아니야. 자네의 눈은 마치……."
황종류는 말을 멈추고 모용천의 눈에서 시선을 떼었다.
"그래, 채무자."
"예?"
모용천이 다시 한 번 반문했다. 황종류는 알고 있으면서 왜 반문하냐는 투로 대답했다.
"채무자라고. 말 그대로 빚을 갚겠다는 눈이군."
"무슨 말씀이신지 모르겠군요."
흐음, 콧소리를 내며 황종류는 팔짱을 꼈다. 가소롭다는 듯 내려다보는 눈빛이 모용천을 기분 나쁘게 만들었다.
"왜 그런 식으로 보십니까?"
"정말 무슨 말인지 모르나?"
"가르쳐 주시지요."
모용천은 지지 않고 반문했다. 무림의 대선배에게 하는 말 치고는 몹시 무례해 손을 쓸지도 모른다 생각했건만―실제로 모용천은 단단히 방비를 하고 있었다―황종류는 별다른 행동을 취하지 않고 고개를 저을 뿐이었다.
그리고 황종류는 대답 대신 또 다른 질문을 던졌다.
"내가 미운가?"
"……."

모용천의 무공 성취가 이미 절정을 넘어섰다고는 하나 속은 어느 이십대 초반 젊은이와 다를 바 없었다. 물론 보통의 또래들보다야 정신적으로 성숙했다고 할 수 있지만, 모용천의 두 배 이상을 살아온 황종류의 눈에는 크게 다를 바 없는 정도의 차이라 할 것이다.

특히나 무공에 관련된 것이 아닌, 이처럼 사람의 마음을 쥐고 흔드는 데에는 당해낼 재간이 없다.

"나는 자네가 연모하는 여인에게 혼인을 강요하는 마왕일세. 피 끓는 젊은이가 제 아비 뻘 되는 나에게 연모하는 여인을 빼앗기게 생겼는데, 부처님 가운데 토막도 아니고 평정심을 유지하는 게 이상한 일 아닌가? 증오와 분노로 눈이 뒤집히진 않더라도 그렇게 평온한 눈을 하고 있을 수가 있느냔 말이지."

마왕의 지적은 송곳처럼 날카로웠다. 모용천은 애써 아무렇지 않은 듯 가장하였으나 스스로 생각해도 졸렬한 대응이었다.

"제 눈이 평온해 보입니까? 저 아래에 있는 고수들을 파견해 나를 잡겠다며 괴롭힌 사람을 앞에 두었는데?"

"그들에게 실제로 위협을 느낀 적이 있나?"

모용천의 말문을 콱 막는 말이다. 황종류에게 모용천은 애초부터 상대가 아니었다.

"지금 보니 알겠군. 우진, 그 친구가 왜 자네를 붙잡아두려고 했는지."

황종류는 모용천의 얼굴 위로 우진의 얼굴을 떠올렸다.

나이 마흔이 되어서야 만난 유일한 적이자 친구인 자. 만남이 너무 늦었다 한탄할 틈도 없이 자신에게 해야 할 과제를 던져 준 자. 그렇게 짓밟힐 운명을 타고난 자들 사이에서 삐죽 솟아나 자칫 지루했을 마왕의 생을 풍요롭게 만들어준 자.

우진은 그런 자였다.

"잡으려 할 때에도 항상 내 뜻을 반하던 게 자네였지. 지금도 마찬가지야. 사랑에 눈이 멀어 불구덩이로 뛰어든 부나비를 생각했건만, 지금 자네 눈 속에는 한 점의 불도 보이지 않으니 말이야. 대체 언제까지 나를 엿 먹일 생각인가?"

이치를 따져 이야기하던 마왕이 마지막을 거칠게 장식했다.

심연.

마왕의 눈 속, 완연한 어둠에서 펑 터지듯 불꽃이 거칠게 일었다. 동시에 마왕의 옷자락이 펄럭이며 살기가 세차게 흘러나왔다.

쉐에에엑―

콰당!

의자가 뒤로 넘어가고 모용천의 신형이 순간 벽끝으로 튀어나갔다. 마왕은 여전히 제자리에 앉아 멀리서 잔뜩 경계하고 있는 모용천을 바라보고 있었다.

"……."

죽인다!

찢어발겨, 시체의 흔적 하나 남김없이 가루로 만들어 버리겠다!

들리지 않는 마왕의 외침이 모용천의 머릿속을 뒤흔들었다. 소리 내어 말하지는 않았지만 마왕은 분명히 그렇게 외치고 있었다. 모용천의 손은 자신도 모르는 새 검을 붙잡고 있었다.

그런 모용천을 보며 황종류가 빙긋 웃었다.

"내 여자를 빼앗아가겠다는 놈을 앞에 두었는데, 이 정도 증오는 보여야 당연한 게 아닌가?"

포식한 거미의 배처럼 부풀어 올랐던 황종류의 옷자락이 가라앉고 살기도 어느새 지워져 있었다. 그러나 살기가 어찌나 지독했는지 방 안 가득 그 잔향이 가시지 않았다.

'더는 숨길 필요가 없군.'

모용천은 고개를 저으며 다시 황종류에게 다가가 앉았다.

"서 아우를 놓아주십시오."

"내가 왜 그래야 하지?"

"서 아우가 원하지 않는 혼인입니다."

"그건 중요한 문제가 아니야."

모용천은 눈살을 찌푸리며 물었다.

"그럼 중요한 게 뭡니까?"

"내가 원하고 있다는 거지."

황종류가 웃으며 대답했다. 황종류의 웃음은 얼핏 청량하기까지 했지만 모용천에게는 고약한 비린내를 덮기 위한 위장에 불과해 보였다.

모용천은 당차게 말했다.

"두 당사자의 마음이 일치하지 않는 혼인이 가당합니까?"

"그래서 이 년의 유예기간을 주었고, 그녀는 그걸 다 쓰고 돌아왔지. 뭐가 문제란 말인가?"

절반은 모용천 자신과 맞바꾼 일 년이다. 모용천은 입술을 깨물며 말했다.

"그래서 제가 왔습니다."

"사랑하지도 않는 여자를 위해 말인가?"

"아끼는 동생을 위해서입니다."

"그건 예의가 아니지."

"그 동생이 저를 위해 마지막일지 모를 자유로운 일 년을 버렸는데, 더 이상 무슨 예의를 차리란 말입니까?"

"나에 대한 예의가 아니지 않은가."

황종류는 다시 모용천의 눈을 바라보며 말했다.

"내 여자를, 그녀를 사랑하지도 않는 놈이 나에게서 빼앗아간다는 게 얼마나 치욕스러운 일일지 생각해 보았나? 그래, 서해영이를 내게서 빼앗아간다면 그 후 자네는 어쩔 건가?"

"빼앗느니 빼앗아간다느니 하지 마십시오. 서 아우는 물건이 아닙니다."

"물건과 다를 게 뭔가? 제 의지로 자신의 운명을 결정할 수 없는 자가, 힘이 없어 타인에게 제 운명을 맡기는 자가 물건이 아니면 뭐란 말인가?"

"……"

모용천은 자신이 어떻게 해도 말로써 황종류를 당해내지 못할 것임을 깨달았다. 처음부터 억지를 부리고 있는 쪽은 모용천 자신이었다.

"설령 자네가 그녀를 사랑해서 왔다 해도 내가 자네를 인정해야 할 이유가 없지. 나보다 나은 사람을 찾아오겠다는 그녀의 권리는 이미 사천 땅에서 자네의 목숨과 바꾸어 쓴 지 오래니까. 아니, 그 권리라는 것도 내가 준 게 아닌가?"

황종류의 화법으로 맞서자면, 그 권리는 황종류가 준 것이 아니라 서해영이 미모라는 다른 종류의 힘으로 쟁취한 것이 될 터이다. 하나 모용천에게 그러한 대응을 바랄 수는 없었다.

"그러니 자네는 헛걸음을 한 게지. 그녀를 사랑하지도 않는 자에게 경쟁할 권리를 줄 만큼 나는 관대한 사람이 아니야."

"그럼 어떻게 하면 되겠습니까?"

잠시 닫혔던 입이 열렸다. 모용천의 말이 뜻밖인지 얼른 알아듣지 못한 황종류가 되물었다.

"뭐?"

"말씀하신 그 권리를 어떻게 하면 제가 가질 수 있습니까?"

"나에 대한 예의를 차리게."

"황 선배에 대한 예의 말입니까?"

"그래. 적어도 그녀를 사랑하든지, 혹은 그에 준하는 것을 가져오든지."

위험하다.

본능과 이성이 부르는 이중창이 머릿속을 뒤흔들고 있다. 그러나 모용천은 그를 무시하고 거침없이 한 발을 내딛었다.

"무엇을 원하십니까?"

"글쎄, 무엇이라야 마땅할까? 무엇이라야… 그래, 그거면 되겠군."

더 이상 청수함을 꾸미지 않는다. 마왕의 눈과 입이 있는 그대로의 탐욕을 드러내고 있었다.

"무엇입니까?"

모용천은 자신이 거미집에 붙들리고, 또다시 거미줄에 칭칭 감겨 완연한 먹잇감으로 전락했다는 느낌이 들었다. 그러나 한 번 내뱉은 이상 어쩔 수 없는 일이다. 아니, 절창을 따라온 순간부터 어쩌면 무의식중에 예상했던 일일 것이다.
 거미처럼, 마왕의 입술이 움직였다.
 "사왕의 목."

휘몰아치는 눈보라에 흐르던 내가 언 지 오래였다. 근 십 년 새 가장 춥다는 말이 허언이 아닌 듯, 아침 해를 기다리지 못한 동사자들이 늘어만 갔다. 추운 날씨에 관아에서도 마땅히 처리할 길이 없어 거리에는 방치된 사체가 쌓이는 중이었다. 밤새 내린 눈도 채 감추지 못한 사체들은 날이 풀리기만을 기다리고 있었다.

그렇게 햇살마저 얼어붙을 것 같은 나날에도 불구하고 소문을 쫓는 귀는 닫히지 않았다. 말하기를 좋아하는 이들, 암만 가당찮은 소리라도 듣기를 마다하지 않는 이들은 항상 새로운 소식을 찾아 헤매는 것이다.

그러나 올겨울 그런 자들의 귀에 들어온 소식은 차라리 듣지 않느니만 못할 것이었다. 이에 비하면 지난해 강호를 떠들썩하게 만들었다던 모용천의 행보가 차라리 훈훈한 것이리라.

도왕 팽요색의 패배.

오랫동안 무림인들의 머릿속에 하나의 정점으로 자리 잡았던 십왕 중 한 사람의 패배는 천하를 뒤흔들기에 충분했다.

그리고 뒤이어, 도왕을 패배자로 만든 자가 절창이라는 사실은 흔들리던 천하를 멈추게 만들었다. 하나 그것은 안정이 아니라 흔들리던 모습, 위태로운 그대로 얼어붙게 한 것이다.

절창이 누구인가?

당대 창을 쓰는 고수 중 일인자. 자그마치 십왕에 가장 가까운 자라고 회자되는 절정고수이다.

그러나 십왕에 가장 가깝다는 그 표현은, 실상 십왕에는 미치지 못한다는 폄하의 완곡한 표현이다.

네가 강하기는 하나 십왕에 비할쏘냐?

라는 조롱의 의미도 담긴 말이다.

절창은 고수라는 인정은 받아왔어도 그에 합당한 강호인들의 존경을 받지는 못한 인물이었다. 독선적이며 쉬이 친해지기 힘든 성격 탓도 있겠으나, 좀 더 구체적으로 말하자면 그가 정도의 인물을 자처하면서도 이름난 문파나 가문의 소속이 아니기 때문이었다.

십왕 가운데 정도 무림의 인물은 권, 검, 도, 독 네 사람이었는데, 이 중 세 사람은 천하가 다 아는 오대세가의 가주이다. 유독 권왕만이 홀로 명성을 쌓았으나 그만큼 타고난 친화력으로 자신만의 문파를 세웠고, 또 마왕과 승부를 가리지 못하였다는 업적이 있어 세간의 평가로부터 자유로울 수 있었다.

그러나 절창에게는 그 무엇도 없었다.

사람들에게 절창은 그저 창을 잘 쓰는 근본없는 고수에 불과했다. 과한 손속으로 많은 말썽을 빚기도 하였고, 때로는 억울한 말을 들어도 변호할 친구 하나 없었다. 그가 어울리는 이들 또한 정도의 인물이라고 정의 내리기 힘든 도야객과 백파검이 전부였으니 말이다.

결정적으로 절창에게는 그러한 자신에게 내려진 부당한 평가에 대해 잘못되었다거나 달리 수정하려는 의지가 없었다. 자신이 모르는, 또한 자신을 모르는 이들에 의해 내려진 평가에 대해 애초부터 관심이 없었던 것이다.

그렇게 사람들은 절창을 당연하다는 듯 십왕의 아래로 내려놓았다. 절창이 비록 절정고수이기는 하나 십왕의 아래가 확실하다는 이 평가는 절창이 제마성에 투신, 마왕의 주구(走狗)가 되었을 때 더욱 확고해졌다. 절창을 꺼리던 대부분의 정도 무림인들에게 그의 변절은 역설적이게도 기분 좋은 충격이었다.
 그런데 그런 절창에게 도왕이 패배했다?
 이는 충격을 넘어 사람들을 공황 상태로 몰아넣은 사건이었다. 자신들이 설정해 놓은, 십왕이 최고인 세계를 근본부터 무너뜨리는 있을 수 없는, 아니, 있어서는 안 될 사건인 것이다.

 "어—이구, 춥다! 추워!"
 손바닥을 비비며 한 거지가 사당으로 들어왔다. 사당 안에는 이미 추위를 피해 자리 잡고 있는 자들이 있었는데, 살펴볼 필요도 없이 모두 거지였다. 다만 특이한 점이 있다면 다들 마대자루를 둘러멨는데 각자 여덟 개의 매듭을 지어놨다는 것이다.
 방금 들어온 거지와 안면이 있는지 미리 와 있던 거지들 중 하나가 말을 걸었다.
 "때 나오겠다, 인마. 그만 좀 비벼대라."
 손끝이 붉다 못해 하얗게 언 거지에게 할 말은 아니었으나, 정작 그 말을 들은 거지는 웃으며 받아쳤다.
 "까마귀 형님한테 때 나오겠다는 소리를 듣다니, 나도 오래 살긴 오래 살았구나."

아닌 게 아니라 거지의 얼굴은 온통 주름투성이였다. 아무리 적게 잡아도 육십은 족히 넘겼을 거지는, 후후 불어대며 거지들의 틈바구니에 끼어 앉았다. 그가 짊어진 마대자루에도 역시 여덟 개의 매듭이 있었다.

버려진 사당은 신상도 치워져 누구를 모셨는지 알 수 없었다. 대신 가운데에 작은 불을 피워놓았는데, 십여 명의 늙은 거지가 한 줌 온기에 의지하며 둥그렇게 모여 앉은 모습이 안타까웠다.

좀 더 불을 키우면 될 텐데, 싶을 때 무리에서 떨어져 구석에 서 있던 거지가 가운데로 나왔다.

거지는 불 주변에 모인 자들과 달리 삼십대의 젊은이였다. 마대자루가 없는 맨 몸으로, 짐이라고는 손에 든 한 자루 죽장이 다였다.

젊은 거지, 이소는 방금 들어온 거지를 보며 말했다.

"석 장로께서 오셨으니 이제 다 모이신 겁니까?"

"예."

눈을 끔벅거리며 이소에게 대답하는 거지들은 모두 개방의 팔결제자, 즉 장로들이었다.

"방주께서는 대체 왜 늙은이들을 부른 거요? 그것도 이 엄동설한에."

한 장로가 다짜고짜 불만을 터뜨렸다. 눈이 오지는 않았지만 구름은 해를 가리고 칼바람이 골목 빽빽이 불어대고 있었다. 더구나 이들이 모두 천하 각지에 흩어져 있던 자들이니 한 곳에 모이는 것도 일이다.

"방주의 명이니 오기는 했다만, 커험!"

자신을 향한 시선들이 부담스러웠는지 장로는 더 이상 뭐라 하지 못하고 헛기침을 했다. 이소는 고개를 숙이며 대답했다.

"육 장로께서 의아해하는 것도 당연합니다. 본 방주도 미안하고 또 군말없이 모여주신 분들께 깊이 감사드리는 바입니다."

이소가 머리를 숙이고 시작하니 육 장로도 더 뭐라 할 수 없어 그저 헛기침을 연발할 뿐이다.

땅! 땅!

이소는 죽장, 개방 방주의 신물인 타구봉으로 바닥을 두드리며 말했다.

"날도 추우니 바로 본론으로 들어가겠습니다."

타구봉이 바닥을 두드리자 반 누운 자세로 누워 있던 장로들도 자세를 바로 했다. 젊다고 하나 어리지 않고, 일찍부터 스승인 낙와개를 대신해 방주 직을 대리로 수행해 온 이소다. 사람 대하는 수완은 그렇다 쳐도 일 처리 솜씨가 거지답지 않게 꼼꼼해 장로들도 대부분 그를 인정하고 있었다.

방주 직을 넘겨받은 시기가 조금 빠를 뿐, 지금의 이소에게 방주 자격이 없다고 생각하는 이는 아무도 없었다.

경청하는 장로들을 확인하고 이소가 입을 열었다.

"여러 장로님들도 이미 알고 계시겠지만, 최근 본 방과 관련된 사건이 하나 있었지요."

장로 중 하나가 손을 들며 말했다.

"방주는 태흥 쪽에서 있었던 사건을 말씀하시려는 게요?"

이소는 고개를 끄덕였다.

"맞습니다. 본 방의 쉼터 역할을 해주던 곳에서 칼부림이 있었지요. 최근 가장 큰 이야깃거리인 도왕의 패배도 그곳에서 있었고요."

"아아!"

곳곳에서 가벼운 탄식이 흘러나왔다. 도왕과 절창의 일전은 이미 알려질 대로 알려져 있었지만 그것이 어디에서 일어났는지까지는 불문에 부쳐져 있었던 탓이다.

"세간에서는 절창이 도왕을 이겼다는 데에만 주목하고 있지 두 사람이 어째서 싸웠는지는 알려져 있지 않습니다. 관심도 없고요."

"그렇지."

"그래그래!"

장로들 중 한 사람이 나서서 말하자 다들 맞장구를 치고,

누구는 불만을 털어놓기도 했다. 다들 추운 날씨에 모여 불만이 가득했는데, 이소의 말이 그에 불을 붙인 것이다.

"태홍에서 일이 벌어졌는데 우리가 모르고 있었다니, 이게 말이 되나? 방주는 어디 말해보시게."

한 장로가 자리에서 일어나 물었다. 표씨 성을 가진 장로로, 생전 낙와개의 신임이 두터웠던 자다.

"당시 태홍의 쉼터에는 본 방원 외에 네 사람이 머물고 있었습니다. 하나는 절창이고 하나는 도야객이었습니다."

"뭐? 절창이?"

"도야객이면 그 도적놈 아니여? 아니, 그런 놈이 어째서 우리 쉼터에 있었당가?"

"절창은 제마성에서 마왕의 수하 노릇을 하고 있던 게 아닌감? 당최 뭐가 뭔지 모르겠구만."

사당 안이 삽시간에 시장판으로 변했다. 장로들은 서로를 보며 물어대는데 대답하는 이는 아무도 없고 각자 묻기만 하였으니 혼란스럽기 그지없었다. 이들의 신분이 장로이긴 하나 그 이전에 엄연한 거지이니 당연한 일이었다.

쿵쿵!

타구봉이 바닥을 치고 장로들은 일제히 입을 다물었다. 방주의 권위는 절대적이다.

"정확히 말하면 두 사람은 머물렀다기보다 누군가가 움직이기를 기다리고 있었던 겁니다. 제가 쉼터에 허락했던 두 사람 중 하나, 모용천을 말입니다."

"......!"

이소의 입에서 모용천이라는 말이 나오자 장로들이 눈을 크게 떴다.

여염집 부인을 납치하고 정파 무림맹 동도들을 살해하는 등 악행으로 세상을 떠들썩하게 만든 모용천이다. 특히 홀로 종리세가를 상대, 멸문시켰으니 현 무림에서 모용천이라는 이름은 화약고나 마찬가지였다.

"아시다시피 저는 모용천과 일 년 가까이 함께 다녔지요. 그의 사람됨은 누구보다 제가 잘 알고 있다고 자부하고 있습니다. 다들 이번 종리세가의 멸문은 그네들의 책임도 크다고 생각하지 않습니까?"

이소가 말을 잇자 또 한 장로가 나섰다.

"그렇긴 하지요. 하지만 종리세가는 강호의 명문이며 무림맹 동도인데, 방주께서 모용천을 숨겨주었다는 사실이 밝혀지면 그 뒷감당을 어찌하시려고 했습니까?"

이소의 얼굴이 굳었다. 정곡을 찔린 셈이다.

사실 이소도 그 뒤를 내다보고 모용천에게 쉴 곳을 내준 것은 아니었다. 다만 당장 그에게 해줄 수 있는 일이 그것뿐이었기 때문에 절창을 따라 제마성으로 갈 것을 우려했던 것이다.

이소는 솔직히 말했다.

"솔직히 말하자면 저도 별다른 대책이 없었습니다. 다만 이런 식으로 일이 불거질 줄은 몰랐지요."

팽요색과 당사윤이 직접 모용천을 찾아 나설 줄 어찌 알았으며, 팽가력이 부친에게 모용천의 소재를 말할 줄도 어찌 알았을까? 이소가 신이 아닌 이상 앞일을 세세히 예측할 수는 없는 노릇이다.

"그럼 이제 어떻게 되는 겁니까? 무림맹에서 뭐라도 제재가 가해지는 겁니까?"

표 장로가 재차 물었다.

"절창과 도왕이 어디서 싸웠는지는 우리도 처음 듣는 이야기인데, 무림맹이라고 그걸 알까?"

"그걸 모르겠냐? 당연히 알고 있겠지! 그 자리에 독왕도 있었다지 않냐?"

"뭐? 독왕도? 그럼 절창은 어떻게 된 거여? 설마 독왕도 때려눕히고 빠져나간겨?"

사당 안이 다시금 시장통으로 변했다. 이소는 다시금 타구봉을 두드리며 장로들을 진정시켰다.

"조용히들 하십시오."

"……."

방주의 명이니 모두 입을 다물었지만 얼굴에는 불만이 가득했다. 명색이 개방의 장로 신분인 자들이 당금 강호에서 가장 화제가 되는 일을 모르고 있는 것이다. 그것도 자신들의 구역 안에서 일어났던 일인데!

이소가 말했다.

"정리해 드리겠습니다. 절창이 그곳에 있던 것은 모용천을 제마성으로 데리고 가기 위해서였습니다. 도왕과 독왕이 온 것도 모용천을 잡기 위해서였지요. 알려지진 않았지만 백사궁에서도 모용천을 데려가기 위해 그 자리에 와 있었고, 싸움에 휘말려 사왕의 제자 한 사람이 살해되기도 했습니다."

"……"

이소의 입에서 여러 말들이 나오자 장로들의 표정이 멍해졌다. 절창이 도왕과 싸워 승리했다는 말 외에는 죄다 처음 듣는 이야기들이었던 것이다.

"어쨌든 모용천을 잡으려 했던 도왕과 독왕은 뜻을 이루지 못하고 물러났지요. 그리고… 모용천은 절창과 함께 제마성으로 갔습니다. 제가 아는 것은 여기까지입니다."

웅성웅성—

이소가 말을 마치자 방금 전과는 비교도 할 수 없는 소요가 일었다. 모용천이 절창과 함께 제마성으로 갔다는 것이 무엇을 의미하는가?

그렇지 않아도 정도 무림의 가장 큰 골칫거리로 떠오른 제마성이다. 모용천이 합류한다면 범에 날개를 단 격일 게다. 게다가 절창의 무위가 세간의 평가를 상회한다는 것이 밝혀지지 않았던가? 절창은 십왕에 가장 가까운 사내가 아니라 십왕 중 하나인 도왕보다 강했던 것이다.

이는 곧 제마성에 의한 사파 무림의 통합이 머지않았다는 뜻이다. 그 앞에서 사왕이 버티고는 있으나 그저 버티고 있는 것에 지나지 않는다. 사왕의 무위는 가공할 만한 것이지만, 그것은 어디까지나 한 사람의 힘이다.

개인의 힘에는 한계가 있다. 그렇기 때문에 제마성이 세워지고 무림맹이 발족한 게 아닌가? 사왕이 뒤늦게 백사궁을 세운 것이야말로 그 반증일 것이다.

"그, 그럼 어떻게 되는 겁니까? 정사대전이 임박했다는 뜻 아닙니까?"

표 장로가 더듬거리며 물었다. 그러나 이소는 고개를 가로저으며 말했다.

"당장에 그렇게 되지는 않을 겁니다. 무엇보다… 모용천, 그가 절창처럼 마왕의 수하가 되어 우리에게 칼을 겨누지는 않을 테니까요."

육 장로가 손을 들었다.

"방주께서는 그걸 어찌 장담하십니까? 제가 듣기로는……."

이소는 육 장로의 말을 끊었다. 육 장로가 무엇을 들었을지 충분히 예상할 수 있었다. 세간에 떠도는 모용천에 관한 이야기는 차고 넘칠 정도였고, 이소도 대부분 들은 바 있었다. 그중 이소가 보고 들은 모용천과 일치하는 이야기는 열에 하나도 없었다.

"육 장로가 무엇을 들으셨는지 모르겠지만 저보다 그를 잘 알지는 못할 겁니다. 장담컨대 그럴 일은 없습니다."

입 다문 장로들의 얼굴에 불만이 가득했다. 그러나 감히 토를 달지 못하고 가만히 이소의 말을 기다렸다.

이소는 한 번 심호흡을 하고, 말을 이었다.

"어쨌든 작금의 상황에서 본 방이 어떤 행동을 취해야 하느냐, 오늘 모이자고 한 것은 바로 이러한 일을 논의하기 위해서입니다. 지금이 아니면 이미 늦은 뒤일 테니까요."

마지막 이소의 말에는 장로들 모두 공감하는지 고개를 끄덕였다. 세간에서는 절창이 도왕에게 승리하였음만 되풀이하고 있지, 절창이 모용천을 데리고 제마성으로 갔다는 이야기는 비치지 않고 있었다. 그렇다는 이야기는 이소를 통해 개방이 그 정보를 선점하였다는 것이며, 그를 통해 무슨 일이든 도모할 수 있는 위치에 섰다는 뜻이다.

이소가 자신들을 왜 불렀는지 이제야 안 장로들은 저마다 기대에 찬 눈으로 젊은 방주를 바라봤다. 이소가 무슨 복안을 가지고 있는지 궁금하기 짝이 없었다.

이소의 입이 열렸다.

"그래서 말인데, 저는 본 방이 무림맹을 탈퇴했으면 합니다."

* * *

"멋있지 않아?"

여자는 긴 흑발을 쓸어내리며 물었다.

솟아 나온 흰 손가락은 검은 물결을 가르며 저어 내려가고 있었다. 끝까지 저어 더는 나아갈 곳이 없어졌을 때, 여자는 머리끝을 붙잡고 들어 올렸다.

스르륵—

손끝에 집힌 몇 가닥을 남기고 머리카락은 면을 이루며 남자의 눈 위로 떨어졌다. 여자의 흰 살결과 대비되는 검은 살갗. 남자는 여자의 무릎 위에 놓은 고개를 돌렸다.

"하지 마."

그러나 여자는 다른 손으로 남자의 얼굴을 잡아 피하지 못하게 하고, 머리카락을 쓸어 올리고 다시 떨어뜨리는 동작을 반복했다. 그러면서 추궁하듯,

"멋있지 않냐니까."

하고 재차 묻는 것이었다.
남자는 고개를 돌리는 대신 눈을 감으며 말했다.
"대체 뭐가? 밑도 끝도 없이 물으면 내가 알아?"
여자는 흥, 새침한 미소를 띠며 말했다.
"그자 말이야, 모용천."
여자의 입에서 모용천이라는 이름 석 자가 나오자 남자는 무슨 소린지 알겠다는 듯 코웃음 치며 대답했다.
"멋있기는? 천하에 다시없을 멍청이지. 아무리 여자에 눈이 멀었대도 그렇지, 자기를 잡아먹지 못해 안달인 자들이 득실거리는 곳에 제 발로 오는 놈이 어디 있어? 아주 돌대가리가 아니면 미쳐도 단단히 미친 게지. 아, 하지 마!"
평소 생각하고 있었다는 듯 모용천에 대해 험담을 늘어놓던 남자가 소리를 질렀다. 여자가 머리카락 끝으로 남자의 눈꺼풀을 찌른 것이다. 남자는 손을 내저으며 상체를 일으켰다.
「하지 말라니까!」
버럭 내지른 소리는 중원말이 아니었다.
여자의 굳어진 얼굴을 본 남자는 자신의 실수를 깨닫고 다시 중원말로 덧붙였다.
"하지 말라는데 자꾸 그러니까 화가 나서… 미안하다."
저 남쪽 끝 숲의 나라, 그 주민들의 언어를 구사했던 남자. 비청면주 아자할은 두 손을 모아 사과했다.

제마성의 비청면주를 쩔쩔 매게 만든 여자, 비흑면주 방난화는 팔짱을 끼고 순순히 받아들일 수 없다는 얼굴로 말했다.

"하긴 끝까지 나와 척을 지겠다는 남자가 뭘 알겠어? 사랑 때문에 목숨까지 버릴 수 있는 남자가 얼마나 멋있는지 말이야."

"또 그 얘기야?"

"내가 무슨 얘기를 또 했다고 그래?"

"지금 나 들으라고 하는 소리잖아. 내가 당신 편에 설 수 없다니까 하는 소리 아니냐고."

사과하던 아자할의 언성이 살짝 올라갔다. 방난화는 눈매를 치켜뜨며 말했다.

"내 편? 내 편, 네 편이 어디 있어?"

"어디 있냐고? 그럼……!"

재차 언성을 높이던 아자할은 스스로 말을 끊었다. 이미 수없이 반복했던 언쟁이다. 굳이 지금 되풀이하고 싶지 않다.

"그래, 말 잘했네."

그러나 아자할이 끊은 말을 방난화는 굳이 이으려 하고 있다.

"내 편, 네 편. 지금 뻔히 편 가르기 하고 있는 거 알고 있네. 알고 있는 사람이 그래?"

"내가 뭘 안다고 그래?"

"몰라?"

방난화가 사납게 노려보자, 아자할은 고개를 가로저으며 말했다.

"됐어. 그만하자."

"난 그만 못하겠는데? 기왕 말 나온 김에 계속해 보자구. 그래, 자기도 알고 있잖아, 내가 부성주와 함께 삼공자 편을 들고 있는 거."

방난화의 입에서 결국 우려했던 말이 나왔다. 아자할은 후우, 깊은 한숨을 쉬었다.

제마성은 사실상 사파 무림의 일통을 목전에 두고 있었다. 사왕의 백사궁이 그나마 버티고 있지만 바람 앞의 등불이나 마찬가지였으니, 제마성에 의한 사파 일통은 기정사실이나 마찬가지였다.

물론 마왕의 구상 속에서 사파 일통은 통과점에 지나지 않는다. 그러나 어떤 집단은 구성원들이 하나의 목표를 달성하기 전에 이미 달성한 것처럼 여기며 다른 곳으로 눈을 돌리곤 하는데, 지금 제마성이 바로 그런 경우였다.

이를 두고 마왕의 지배력이 약하다고 평가하기도 힘든 것이, 애초에 그랬다면 제마성의 존재 자체를 의문시해야 하기 때문이었다. 실제로 제마성의 이름 아래 모인 사파의 고수들은 부성주로부터 최하위 무사까지 모두 마왕에 대한 경외심을 품고 있었다. 다만 문제는 반평생을 독행하던 절정고수들이었는데, 이들이 비록 머리로는 외오각주니 비사면주니 하는 감투를 기꺼이 쓰고 있으나 몸으로까지 받아들이기는 힘들었던 것이다.

이를 해결할 수 있는 것은 오직 시간뿐이었다.

어쨌든 하나의 성공을 앞두고 구성원들이 분열되는 조직은 사실 하나로 뭉쳐 더욱 분발하는 것만큼이나 쉽게 볼 수 있다. 제마성은 사파 일통이라는 목표를 눈앞에 두고 두 파로 갈라졌는데, 바로 마왕의 후계자를 두고 벌어진 일이었다.

마왕의 네 아들 중 장남인 황무기와 삼남 황지엽.

황무기를 지지하는 자들은 그의 저돌적인 성격과 거침없는 행동에 높은 점수를 주었다. 외전각주 섭영귀와 비백면주 황상이 황무기 파의 대표적인 인물이었다.

반면 황지엽을 지지하는 자들은 그의 섬세함과 부드러운 매력이 마왕의 이름으로 하나 될 무림의 수성(守成)에 안성맞춤이라고 여겼다. 부성주인 진첩결을 중심으로 섭영귀를 제외한 나머지 네 사람의 외오각주, 그리고 비흑면주 방난화가 대표적인 황지엽 파라 할 수 있었다.

그 지지자들의 면면만 살펴봐도 알 수 있듯이 지지도로는 황무기가 황지엽을 따를 수 없었다. 그러나 확실히 무게추가 어느 한쪽으로 기울었다 말하기 힘든 것은, 후계자를 정하는 일이 오로지 마왕 한 사람의 마음에 달려 있기 때문이었다.

당금 황제라 해도 태자를 택할 때에 오관대작의 의견을 수렴하여야겠지만 마왕은 그럴 필요가 없다. 제마성 내에서는 오직 그의 말이 곧 법이었으니, 한쪽을 지지하는 세력이 아무리 커진다 한들 마왕의 말 한마디와 비교할 수 없는 것이다.

오직 마왕의 뜻대로.

이것이 제마성의 존재 의의였으니, 마왕의 속을 짐작할 수 없는 한 현 시점에서 지지 세력의 경중은 어떠한 의미도 가질 수 없었다.

뻔히 그런 사실을 알면서도, 사람들은 편을 갈라 반목하기를 그치지 않는다. 아자할은 눈을 감았다.

'중원인들만 그런 줄 알았더니… 아니면 우리가 중원인에 물든 것인가?'

비사면주 네 사람은 모두 중원인이 아니다. 아자할 자신은 저 멀리 남쪽 숲의 주민이고, 눈앞의 방난화는 위쪽 초원의 딸이다. 황상은 사천성 서쪽에서 왔다는 강족(羌族)이라 했고, 비적면주 고호(高虎)는 해동 사람이라고 했다.

모두가 중원인들로 인해 자신도 모르는 새 변방이 된 고향을 가진 이들이다. 그렇기 때문에 순수한 힘의 논리를 내세운 마왕을 따를 수밖에 없었는지도 모른다.

쓸데없는 예의를 차리지 않고 오직 힘을 숭상하며, 거리낌

없이 탐욕을 드러내는 자. 그것이 마왕이었고 그 중원인답지 않은 모습에 마음으로부터 충성을 다짐하게 되었던 것이다.

그러나 방난화나 황상은 어느새 변경 종족의 담백했던 성품을 잃어버린 듯했다.

'이래서야 중원인이나 다름없지 않은가?'

방난화나 황상이나, 아자할이 이해하지 못할 것도 아니었다. 이방인이라는 이유로 그들이 중원에서 받았을 고난을 짐작하지 못할 바가 아니었다. 당장 아자할 자신도 그네들과 마찬가지였으니까.

아자할은 눈살을 찌푸리며 말했다.

"알고 있어. 알고 있는데, 왜? 그래서 뭐 어쩌라고?"

"알고 있으면 좀! 동조해 주면 안 돼? 자기도 삼공자 좋아하면서 왜 그래?"

"말했잖아, 난 중립이라고."

방난화는 찢어진 눈을 치켜세우며 말했다.

"중립 참 좋아하네. 아니, 내 편을 들어주는 게 그렇게 어려워? 이게 뭐 위험한 일도 아니잖아? 판을 봐, 모두가 삼공자를 향해 가고 있잖아. 부성주가 밀어주고, 외오각주 네 사람이랑 내가 당겨주는데 삼공자가 되지, 안 되겠어?"

아자할은 그렇게 말하는 방난화가 답답하기만 했다. 제마성이라는 집단의 본질이 무엇인지, 그 결정권이 누구에게 있는 건지 그녀는 정말 모르는 걸까?

아자할은 다시 한숨을 쉬며 차분히 말했다.

"누가 되고, 안 되고 문제가 아니잖아. 나는 그런 게 싫단 말이야. 그냥, 그냥 이대로 할 일만 하면 되잖아. 왜 꼭 싸움 같지도 않은 싸움을 하는데? 정 후계자를 가려야 한다면 당사자들끼리 싸워서 이긴 쪽이 하면 간단한 거 아냐. 안 그… 억!"

차분히 말하던 아자할의 얼굴로 베개가 날아들었다. 깜짝 놀란 아자할은 피하지도 못하고 베개를 얼굴로 받았다.

방난화의 절기, 염마제신륜(念魔制神輪)이 철륜이 아닌 베개를 통해 펼쳐진 것이다.

퍼퍼퍽!

세 개, 네 개의 베개가 연달아 아자할의 얼굴을 강타했다. 한두 장도 아니고 팔을 뻗으면 닿을 거리에서 날아들었으니 피하거나 막을 도리가 없었다.

"그만하지 못해?"

네 개째 베개를 맞고 아자할이 일어나 크게 소리쳤다. 그러나 방난화는 이미 방문을 열고 나가고 있었다.

"당신!"

쾅!

아자할의 부름을 무시하고 방난화는 문을 세게 닫았다. 어찌나 세게 닫았는지 그 힘을 못 이겨 벽에 걸린 장식들이 바닥으로 떨어졌다.

"나 참……!"

홀로 남겨진 아자할은 고개를 절레절레 흔들었다.

바람이 실어다 준 아기, 말 위에서 자란 초원의 여인이다. 그 눈부신 생명력에 눈이 멀 때도 있지만, 더러는 감당하기 힘들다고 느껴질 때도 있다. 바로 지금처럼.

한동안 중원의 물과 초원의 향에 취해 있었던 탓일까? 아자할은 숲으로 돌아가고 싶다는 강한 충동에 시달렸다.

"지가 그렇게 잘났어? 내 편이라는 말 한마디 해주는 게 그렇게 어려워? 어렵냐고!"

방난화는 분에 못 이겨 연신 중얼거리며, 반은 뛰듯이 복도를 걷고 있었다. 속이 터져 급히 나온 터라 겉옷만 걸쳤을 뿐이니, 복도에서 그녀를 지나치는 이들은 모두 민망해하며 고개를 숙였다.

"흥!"

제마성은 격식으로부터 자유롭다는 사파의 총 본산이다. 그런 곳에서마저도 사람들이 자신의 차림을 민망해하는 모습이 가소로워 방난화는 콧방귀를 뀌었다.

물론 비흑면주를 붙잡고 옷차림에 대해 설교할 사람이 있을 리 없었다. 하지만 빈정거릴 자는 있었는데, 공교롭게도 그 딱 한 사람이 복도 저편에서 웃으며 걸어오는 것이었다.
 비백면주 황상은 방난화와 마주치자 만면에 웃음을 지으며 인사했다.
 "이런이런, 어디를 그리 급하게 가십니까?"
 방난화는 대답하지 않고 사납게 쏘아보며 황상을 지나쳐 갔다.
 제자리에 선 황상은 지나치는 방난화에게 말했다.
 "아무리 급해도 인사는 받고 가셔야죠?"
 그러면서 황상의 손이 방난화의 팔뚝을 잡았다.
 파파팍!
 방난화가 자신의 손을 뿌리치자 황상이 다시 잡았다. 미끄러지는 황상의 손과 강하게 뿌리치는 방난화의 손이 겹치고 떨어지기를 반복했다.
 파박!
 두 사람은 십여 초를 교환하고 떨어졌다. 방난화의 안색이 어두웠다. 황상이 웃으며 말했다.
 "비흑면주께서는 철륜을 던지는 법에만 정통한 줄 알았는데 이제 보니 금나수의 수법도 고명하십니다그려."
 "닥쳐."
 "허어! 이것 참, 미운 털이 박혀도 단단히 박혔군요. 소인이 그렇게 밉습니까?"

"……."

"영문을 모르겠군, 모르겠어. 소인은 그저 인사를 하고 싶었을 뿐인데, 아니 그렇소?"

황상은 과장된 몸짓으로 주위를 둘러보며 말했다. 주위에는 아무도 없었고 오직 두 사람뿐이었음에도 불구하고 황상은 마치 주위 사람들에게 동의를 구하는 시늉을 하며 말하는 것이었다.

방난화는 흐트러진 겉옷을 다시 추스르며 일축했다.

"뱀 같은 놈! 그 혓바닥 잘리기 싫으면 당장 집어넣어야 할 거야!"

"늙은 뱀은 성 밖에 있건만, 어찌 소인에게 뱀이라 하는지 모르겠구려."

능글맞게 대꾸하는 황상의 얼굴이 방난화의 화를 부추겼다. 이자에 대한 혐오감은 판단 이전의 것이라서 뜻대로 할 수 있는 게 아니다.

영기가 충만한 고산, 고원의 주민인 강족은 현인(賢人)이 많기로 유명한데 어찌 이런 놈이 나왔는지 궁금하기 짝이 없었다.

'하긴 제 친족들과 영 딴판이니 어울리지 못하고 중원에 나왔겠지.'

후우—

기분 나쁘게 웃고 있는 황상을 보며 방난화는 한숨을 쉬었다. 그렇지 않아도 아자할과 싸워 기분이 영 좋지 않았는데 저 얼굴을 봐야 한다니 짜증이 확 이는 것이다.

"왜 시비를 거는지 모르겠지만 오늘은 그만하지. 용건이 있으면 다음에 얘기해라."

더 이상 기분을 망치고 싶지 않다. 방난화는 대답을 기다리지 않고 성큼성큼 긴 다리를 뻗어 사라졌다.

방난화의 멀어지는 뒷모습을 보는 황상의 얼굴이 기묘했다. 웃는 듯 우는 듯. 황상은 일그러진 얼굴 위로 비릿한 미소를 띠며 중얼거렸다.

"네가 언제까지 그럴 수 있나 보겠어… 큭, 크큭!"

*　　　*　　　*

세계는 언제나 시간에 종속되어 있다.

세계에 갇힌 인간의 삶 역시 마찬가지다. 모든 계획은 시간 위에 세워지고 진행되게 마련이다. 이는 일반인보다 월등한 신체 능력을 지닌 무림인도 피할 수 없는 일이었다.

정사로 나뉘어 대립하고, 또 그 안에서 편을 갈라 다투는 인간을 비웃기라도 하듯 겨울은 모든 것을 얼려 버렸다. 인간의 욕망도, 사랑도 유례없는 한파에 묻혀 잠시 몸을 사려야 했다.

 제마성 역시 봄이 오기 전에 백사궁을 무너뜨리겠다는 계획을 수정해야 했다. 아쉽지만 이런 추위는 시간을 얼려 버린다. 제마성이 움직이지 못하는 시간만큼 정파 무림맹이나 백사궁 또한 움직이지 못하는 것이다.

 숨 가쁘게 달려온 무림은 겨울이라는 시간 앞에서 원하지 않는 휴식을 취해야 했다.

 그러나 강이 얼었다 하여 바다로 향하기를 멈춘 것은 아니다. 얼음은 표면일 뿐 강물은 수면 아래에서 여전히 바다를 향해 흘러가고 있었다.

 코끝이 얼어버릴 바깥 날씨와 대조적으로 제마성 안, 연무장은 무거운 공기로 가득하다.

 흩날리는 검은 기운 사이로 빠져 들어가는 손바닥이 황무기의 가슴을 쳤다.

 밀폐된 공간 탓일까? 타격음은 시원스럽지 못하고 오히려 듣는 이의 가슴을 답답하게 만든다.

 퍼버벅!

 "크윽!"

 신음 소리를 내며 황무기의 몸이 뒤로 물러났다. 정신을 차리지 못하는 황무기의 눈앞에 수십여 개의 손바닥이 들어왔다.

파바바박!

"커헉!"

뒤따른 십여 장을 가슴에 허용하고, 황무기는 차가운 연무대 바닥에 쓰러졌다.

"헉! 헉!"

쇠처럼 탄탄한 육체는 땀으로 가득하고, 가쁜 호흡에 맞춰 오르내리는 가슴에는 손바닥 자국이 선명하다. 사방에 퍼졌던 마천상야공의 검은 기운이 힘없이 주인에게로 돌아왔다.

"괜찮으십니까?"

초점없는 황무기의 눈에 걱정스레 내려다보는 얼굴이 들어왔다. 황상이었다.

"괜, 허억… 괜찮소!"

"일어나시지요. 바닥이 찹니다."

황상은 손을 내밀었다. 그러나 황무기는 황상의 손을 뿌리치며 말했다.

"신경 쓰지, 헉… 마시오! 허억……."

"……."

본인이 마다하는데 계속 손을 내밀 수야 없다. 황상은 떨떠름한 표정으로 연무대에서 내려왔다. 제마성 내 연무장에는 황무기와 황상 외에 한 사람이 더 두 사람의 비무를 지켜보고 있었는데 바로 섭영귀였다.
 연무대에서 내려온 황상은 섭영귀에게 다가갔다.
 섭영귀가 말했다.
 "왜 저러는 거요?"
 "뭘 말입니까?"
 "비백면주와 대련하면서 마천상야공은 극도로 억제하지 않았소? 일공자 무공의 근원이다 보니 불가피하게 일단계는 발동을 시킨 것 같지만 말이지."
 섭영귀의 지적에 황상도 고개를 끄덕였다.
 "맞게 보셨습니다."
 "일부러 그랬단 말이오?"
 섭영귀가 눈살을 찌푸리며 묻자 황상은 자신도 모르겠다는 듯 양어깨를 올리며 대답했다.
 "비무의 조건이 처음부터 그거였지 뭡니까. 나더러는 최선을 다해달라, 대신 자신은 마천상야공을 발동시키지 않겠다고 말입니다."
 "허어!"
 섭영귀와 황상은 동시에 고개를 돌려 황무기를 보았다. 웃통을 벗은 맨 몸으로 연무대 위에 누운 황무기는 연신 가쁜 숨을 몰아쉬고 있었다.

섭영귀가 말했다.

"수련이라고 하기에는 무모한 방법이군. 애초에 마천상야공이라는 무공 자체가 기존의 무공과 체계를 달리한다고 알고 있는데 이런 식의 수련이 도움이 되겠소?"

"저도 그에 대해서는 회의적입니다만… 딱히 수련이라는 생각은 들지 않더군요."

"수련의 성과를 확인한다면 또 몰라도, 이런 식의 대련은 몸만 상할 뿐이오."

"저도 그리 충고했으나 듣지를 않더군요. 일부러 장력을 낮추기도 했는데 그때마다 화를 내셔서… 어쩔 수 없었습니다."

제 주인과 마찬가지로 황상의 동선불회장은 강호에 아는 이가 드물었다. 그러나 황상의 동선불회장은 허와 실을 교묘히 뒤섞으며 상대를 기만하는 수법이 가히 당대제일이라 할 수 있었다. 아직은 그 현란한 장법을 아는 이가 제마성 내에 국한되어 있었지만 언제고 튀어나올 송곳임은 틀림없는 것이다.

그렇지 않고서야 어찌 마왕의 비사면주가 될 수 있었을까? 황무기가 비록 마천상야공의 오단계에 들어섰다지만 황상과 비무하여 이길 확률은 드문 게 현실이다. 그런데 오히려 황무기 자신이 마천상야공을 억제하고 황상과 비무를 벌였으니

결과는 이렇듯 참담했다.
"후……."
황무기 자신도 알고 있다.
자신이 벌이는 짓이 얼마나 무모한지를.
그러나 이렇게라도 하지 않으면 견딜 수 없었다. 이 굴욕감을, 증오를 당장 어찌할 재간이 없었다. 그래서 생각한 방법이 절정고수인 황상에게 실컷 얻어터지는 것이었다.
"젠장!"
황무기는 누운 채로 주먹을 내려쳤다.
꽝! 소리와 함께 돌로 만든 바닥이 깨어졌다.
황상의 손바닥이 뼛속까지 아려오는데도 잊을 수가 없다! 배다른 동생, 황지엽의 그 얼굴. 마천상야공 사단계를 완성하고도 숨겨가며 자신은 욕심이 없다 주장하던 그 얼굴을 말이다.
마천상야공의 성취를 자랑하며 아버지의 후계자는 당연히 자신이라 여겼던 지난날, 그런 황무기를 황지엽이 어떠한 시선으로 바라봤을지!
생각만 해도 피가 거꾸로 솟는 일이다.
모용천에게 당했을 때가 차라리 나았다.
모용천은 황무기보다 십여 년 아래의 애송이였기에 그에게 당한 것이 처음에는 굴욕적으로 느껴졌다. 그러나 황무기가 자신의 패배를 곱씹기에는 모용천이라는 존재가 가지는 이질감(異質感)이 너무나 컸다. 더욱이 모용천에게 패배한 다른 쟁쟁한 고수들을 생각하면 황무기가 특별히 굴욕을 느껴야 할 이유는 없는 것이다.

그러나 황지엽의 경우는 다르다.

제마성의 많은 유력자들이 황지엽을 지지하게 된 것은 오래된 일이 아니다. 불과 이삼 년 전까지만 해도 황지엽은 세 명의 배다른 동생 중 하나였을 뿐이었다. 황지엽이 자신에게 위협이 될 거라는 생각은 꿈에도 해보지 못한 황무기였다.

사실 최근에 이르기까지도 황무기에게 있어 황지엽은 경쟁자라거나 위협의 대상이 아니었다. 황지엽이 자신의 경쟁자로 전면에 나서게 된 것은 자격이 있어서가 아니라 그 뒤에 진첩결이 있기 때문이라는 게 황무기의 판단이었다. 진첩결이 황지엽을 내세워 자신을 견제하는 것뿐이지, 저 호리호리한 동생에게 진실로 제마성을 두고 자신과 싸울 배짱이 있으리라고는 꿈에도 생각지 못했던 것이다.

그랬던 황지엽이 오단계의 마천상야공으로 자신과 대등한 싸움을 했으니 황무기가 받았을 충격이 어느 정도인지는 필설로 다하기 힘들 것이다.

황무기는 황지엽이 지난 세월 제 실력을 숨겨가며 자신을 조롱하고 비웃었을 것을—물론 황지엽 본인은 전혀 그런 생각이 없었지만—생각하면 밤에 잠도 이루지 못할 정도였다.

쾅! 꽈앙!

황무기는 두어 번 더 바닥을 때리고 자리에서 일어났다. 가슴에는 아직도 손바닥 자국이 선명했다. 황무기는 큰 소리로 황상을 불렀다.

"비백면주!"

황상은 질렸다는 표정으로 황무기를 보고 섭영귀를 돌아봤다.

"부르시지 않소?"

섭영귀가 말하며 황상의 등을 떠밀었다.

황상은 곤란한 표정으로,

"벌써 세 번쨉니다. 전각주께서 대신 나서주시지요?"

하고 물었다. 섭영귀는 얼굴에 그린 기괴한 그림을 일그러뜨리며 제 손을 들어 보였다.

"한 손은 쇠갈퀴고 멀쩡한 손은 독수(毒手)인데, 대련 상대로는 부적합하지 않겠소?"

물론 섭영귀는 오음멸독수의 독공을 마음대로 내거나 거두어들일 수 있다. 또한 갈고리로 대체한 손을 쓰지 않아도 황무기와 대련을 하기에는 충분한 고수이니 이는 어디까지나 핑계에 불과했다.

"거 핑계는……!"

"지명당하지 않았소? 얼른 가보시오."

황상의 불만을 일축하고 섭영귀는 다시 등을 밀었다. 황상은 투덜거리며 연무대로 향했다.

*　　*　　*

겨울 해는 짧다. 정오가 지나면 잠깐 하는 사이 볕도, 빛도 사라진다. 근래 들어 날씨가 궂다 보니 그나마 짧은 해도 귀한 시절이다.

모용천은 가만히 앉아 창으로 들어오는 햇볕을 쬐고 있었다. 눈을 감고 창 아래 앉아 살갗에 닿는 미세한 온기를 즐기다 보면 시간이 가는 줄 모른다. 무료한 나날 중 유일하게 즐거운 시간이었다.

"옥살이를 하는 것 같군."

나지막한 목소리. 모용천은 가늘게 눈을 떴다.

눈앞에 기소위가 서 있었다.

"오셨습니까?"

기소위는 대답 대신 방을 둘러봤다. 좁은 방에 세간이라고는 침상 하나가 고작이다. 바깥이 보이는 창문이 하나 뚫려 있어 방 안은 얼음장이나 마찬가지였다.

"그간 이런 곳에 있었나?"

말하는 절창의 입에서 김이 나온다. 모용천이 대답했다.
"예."
　모용천이 기소위와 함께 제마성으로 온 지도 이십여 일이 지났다. 모용천은 첫날 황종류를 만나고 사왕의 목을 가져오라는 말을 들었을 뿐, 그 뒤로는 지금과 같이 내내 방치되어 있었다.
　물론 그렇다고 멋대로 돌아다닐 수는 없었다. 황종류는 날씨가 풀려 본격적으로 백사궁을 공략하게 될 때까지 기다리라고 말했는데, 그동안 모용천에게 주어진 자유라고는 고작해서 얼음골 같은 방을 중심으로 사방 스무 걸음 정도의 공간이 다였다.
　문만 잠그지 않았을 뿐, 감옥이나 마찬가지인 방에서 지내기를 스무 날. 잔심부름하는 아이를 제외하면 모용천이 처음으로 본 사람이 기소위였다.
"춥겠군."
"지낼 만합니다. 그래도 얼어 죽지 말라고 밤에는 불을 때 주더군요."
"그런가."
　기소위는 짤막하게 말하고 입을 다물었다.
　모용천의 행동반경이 제한되어 있는 것과 마찬가지로 제마성의 다른 구성원들도 모용천이 머무르는 곳에 가는 것이

금지되어 있었다. 모용천에게 원한을 품은 자들이 한둘이 아님을 고려한 조치였지만 어쨌든 모든 이들에게 적용시키다 보니 절창이 지금 여기 있는 것도 실은 마왕의 명에 반하는 처사였다.

"무슨 일로 오셨습니까?"

기소위의 입에서 다음 말이 이어지기를 기다리는 게 미련한 짓이란 것을 모용천은 익히 알고 있었다. 역시나 그가 먼저 말을 꺼내자 기소위가 대답했다.

"그 아이의 부탁을 받고 왔다."

기소위가 말하는 그 아이에 다른 이름이 들어갈 리 없다. 모용천을 제마성으로 이끈 이름, 서해영.

"서 아우의 부탁이요?"

"널 만나고 싶어한다."

"만나고 싶으면 만나면 되지요."

모용천은 서해영을 위해 제마성으로 왔지만, 정작 서해영의 옷자락도 보지 못한 상태였다. 그런데 서해영이 직접 기소위를 보내 만나기를 청하니 마다할 이유가 없었다.

모용천이 당장에라도 갈 것처럼 자리에서 일어나자 기소위가 말했다.

"그리 간단하면 직접 왔을 것이다."

"그게 무슨 말씀이십니까?"

"만나고 싶어하지만, 만나고 싶지 않다 했다."

기소위의 입에서 나온 말이 이상하다. 모용천은 눈살을 찌푸리며 물었다.

"그게 무슨 뜻입니까?"

"나도 모른다. 나는 똑같이 전하는 것뿐이니."

"만나고 싶은데 만나고 싶지 않다……."

절창이 구구절절 얘기하지 않아서 그렇지, 서해영은 처음부터 모용천을 보고 싶어하다가도 볼 수 없다며 포기하기를 반복해 왔다. 그토록 그리던 사람이 지척에 있으니 보고 싶은 마음이야 간절한 게 당연하지만, 자신을 위해 사지로 뛰어든 모용천을 볼 용기가 나지 않기도 했다(물론 소녀의 복잡한 마음을 절창이 이해할 리 없었으니 저리 말할 수밖에 없는 것도 당연했다).

어쨌든 여러 날을 고민한 끝에 서해영은 모용천을 보고자 결심하고 절창을 통해 그 뜻을 알린 것이다.

모용천이야 마다할 이유가 없다.

"어쨌든 만나자는 거지요? 알겠습니다."

두 사람을 만나게 하는 것은 쉬운 일이었지만, 그만큼 고려해야 할 사안도 많았다. 일단 어디에서 보는지 장소를 정하는 것부터 절창의 고민이 시작됐다.

 두 사람의 만남 자체가 제마성 내에서는 용납될 수 없는 일이기에 이목을 피할 수 있는 곳을 찾아야 함이 마땅했다. 그러다 보면 자연히 외지거나 구석진 곳 등 은밀한 장소여야 했는데, 아무래도 모용천이나 서해영이 혈기왕성한 때이다 보니 절창으로서는 너무 은밀한 곳은 또 걱정이 앞서는 것이었다.

 모용천이 그 자리에서 대뜸 서해영을 데리고 도망치기라

도 하면 그 또한 이만저만한 낭패가 아니다.
 그렇게 고르고 또 고른 장소는 바로 제마성 본성의 외벽 위였다.
 제마성은 오대산이라는 천혜의 요새 안에 세워져, 처음부터 주변 지형에 맞춰 많은 변형이 가해졌었다. 따라서 어쩔 수 없이 비스듬하니 사선으로 축조된 외벽이 있었는데, 사람 한둘은 충분히 올라설 만한 지점이 있었다.

 휘이이이잉―
 깊은 겨울밤, 산중의 바람이 살을 에고 지나간다.
 행여나 누가 들을까, 작은 목소리로 모용천이 말했다.
 "오랜만이야, 서 아우. 그간… 잘 지냈나?"
 그럴 일은 없다고 생각했는데 막상 만나고 보니 예전처럼 말이 쉽게 나오지 않았다. 지금 눈앞에 있는 이는 서 아우가 아니라 서해영, 서 낭자였으니까.
 서해영이 실은 여인이라고 모용천도 짐작은 하고 있었다. 그러나 이렇게 여인의 모습을 한 서해영이 자신의 앞에 서 있자 항상 개구진 소년의 모습만 봐오던 모용천은 어색할 수밖에 없었다.
 어색하기는 서해영도 마찬가지였다.
 '이럴 줄 알았어! 남장을 하고 나오는 건데!'

서해영은 해가 떨어지고 약속한 시간 직전까지 무엇을 입고 나와야 할지 고민했다. 강호에서처럼 남장을 하고 나가면 서로 대하기 편할 것이다. 그러나 연정을 품은 상대에게 여인이고 싶은 소녀의 마음이 어찌 남루한 옷을 선택하겠는가?

  고민 끝에 서해영은 여인의 옷을 입고 약속 장소로 나갔다. 밤에 녹아들도록 장식 하나 없는 어둡고 수수한, 그러나 틀림없는 여인의 옷이다.

  서해영은 자신을 원망하며 태연한 척 대답했다.

  "물론이, 이, 이……!"

  그러나 의연하고자 했던 서해영의 다짐은 시작부터 꼬이게 되었다. 가뜩이나 추운 겨울 밤, 산 중에 높이 솟은 성 외벽을 타고 부는 바람이 얼마나 차갑겠는가? 서해영은 '물론이죠' 한마디를 자연스럽게 못 하고 이를 딱딱 부딪친 것이다.

  '이런 바보!'

  추워서 더듬은 것이나 긴장해서 더듬은 것이나, 듣기에는 별 차이가 없다. 어쨌든 모용천 앞에서 의연하고 싶었던 서해영은 말 한마디 제대로 못한 자신이 그렇게 미울 수 없었다.

  "춥지?"

  서해영이 추워서 떨자 모용천은 손을 내밀었다. 지난날 북해빙궁에서 그랬듯 내공으로 몸을 덥혀주려 한 것이다.

그러나 내민 손을 끝까지 뻗지 못하고 어중간한 거리에서 멈췄다. 서해영이 여인임을 확인했으니 그녀의 맨 손을 어찌 쉽게 잡을 수 있겠는가?
 서해영은 추위를 견디지 못하고 연신 이를 딱딱거리고, 모용천은 절반쯤 내민 손을 더 뻗지도, 회수하지도 못하고 있었다.
 "……."
 "……."
 아주 잠깐 시간이 멈추고, 눈이 마주친 두 사람은 누가 먼저랄 것도 없이 웃음을 터뜨렸다.
 "…품!"
 작은 웃음이 보이지 않는 장벽을 녹였다. 서해영은 스스로 손을 내밀어 가운데에서 멈춘 모용천의 손을 잡았다. 모용천은 두 손으로 서해영의 한 손을 잡고 내공을 전했다.
 "……."
 모용천의 내공은 서해영의 몸을 일주천하며 온기를 뿌렸다. 서해영이 풀린 입으로 말했다.
 "따뜻하네요."
 "그래?"
 "예… 고마워요. 그리고… 미안해요."
 추위가 가시고 어색함도 일부 사라졌지만 여전히 쉽지 않은 말이 있었다. 서해영은 어렵사리 미안하다는 말을 꺼냈다. 모용천은 고개를 저으며 말했다.

"미안하다니, 뭐가 미안하다는 거지?"

"남자라고 속인 거… 제마성에 오게 한 거… 전부 다요."

손으로 전해져 오는 온기가 몸이 아닌 마음을 녹이는 건지, 서해영은 말을 잇지 못했다.

본디 서해영이 모용천을 보자고 한 이유는, 자기를 포기하고 제마성을 빠져나가라고 말하기 위해서였다.

애초에 사랑하지도 않는 자신을 위해 모용천이 마왕과 대립각을 세우는 것도 원치 않는 일이었다. 한데 한술 더 떠서 사왕의 목까지 가져와야 한다니 이를 어쩌면 좋단 말인가? 절창을 원망하고 또 원망하며, 서해영은 이 상황을 어떻게든 타개하기를 원했다.

그렇기 때문에 서해영은 자신이 모용천의 도움을 필요로 하지 않는다는 것을 보여주고 싶었다. 그러기 위해, 절창이 뭐라고 말했는지는 모르나 자신은 오히려 당대 최강자의 구애를 받아 행복하다고 말하려 했다. 썩어 들어가는 속을 내비치지 않고 한껏 의연한 모습을 보이고 싶었던 것이다.

하지만 모용천 앞에 선 순간 한마디 말도 제대로 할 수가 없었다. 의연한 모습은커녕 울지 않는 게 고작이다.

"미안해할 거 없어. 미안한 건 오히려 나니까."

"형이 뭐가 미안해요?"

"기 선배에게 들었다, 애초에 약속된 이 년의 자유 중 남은 일 년을 내 목숨과 맞바꾸었다고."

기소위가 그 일을 얘기한 건 서해영도 알고 있다. 그러나 막상 모용천의 입을 통해 들으니 화가 새삼스러 치밀어 올랐다.

"이 작자가 정말! 대체 누가 절창이 과묵하다고 했을까요? 누군지 몰라도 장담컨대 절창이랑 하루라도 같이 있어본 적이 없을 거예요. 뭐, 절창이 진중해? 흥! 몰라도 한참 모르는 소리지!"

"기 선배는 선배 나름대로 서 아우를 생각해서 한 일이니 너무 화내지 말게. 기 선배가 그 말을 하지 않았어도 내가 서 아우의 사정을 알았으면 당연히 왔을 거야."

"그랬겠죠……."

'당신은 그런 사람이니까.'

하고 싶은 말을 하지 못하고 서해영은 고개를 숙였다. 더는 눈물을 참을 수 없었다. 서해영은 고개를 숙인 채 어깨를 들썩이며 말했다.

"제발, 제발 이대로 돌아가세요. 마왕이든 사왕이든 상관하지 말고… 형이 죽으면 나는… 나는……!"

안간힘을 써서 말하던 서해영이 입을 다물었다. 모용천이 겉옷을 벗어 서해영의 어깨에 덮어주었던 것이다. 그가 서해영의 어깨를 토닥이며 말했다.

"내 걱정은 하지 마. 어떻게든 서 아우를 구해줄 테니."

허무맹랑한 소리였지만 모용천의 입에서 나오니 그 무게가 남달랐다. 모용천이 아니면 누가 마왕에게서 자신을 구해줄 수 있단 말인가?

그러나 모용천의 말이 따뜻하게 느껴질수록 서해영은 마음이 식어가는 것을 느꼈다. 해서는 안 될 말인데 풀린 입술이 멋대로 움직였다.

"구하면요?"

"…응?"

서해영은 눈물을 닦고, 모용천의 눈을 응시하며 말했다.

"나를 구해주면, 그다음은 어떻게 할 건데요?"

모용천이 자신을 구하러 온 마음은 확실히 고맙다. 하지만 그 뒤는? 만에 하나, 모용천이 서해영을 마왕으로부터 구해낸다면 그 후는 어떻게 되는 것인가?

"마왕으로부터 자유로워지면, 그러면 나는 뭘 해야 되는 거죠? 아니, 우리는 어떻게 되는 거죠?"

철렁!

가슴이 천 리 길 낭떠러지 밑으로 떨어져 내린다. 모용천은 놀란 나머지 자신도 모르게 한 발 뒤로 물러섰다.

서해영은 여전히 서 아우였지만, 동시에 여인이었다. 발갛게 달아오른 뺨으로 두 눈을 글썽이며 말하는 서해영에게서 여인의 향기가 물씬 풍겨왔다.

"……."

 우리는 어떻게 되는 거냐며 묻는 서해영의 모습 위로 누군가가 겹쳐 보였다. 죽어서도 잊을 수 없는 남궁미인의 얼굴. 닮은 구석이 한 곳도 없건만 서해영에게서 남궁미인을 떠올린 것은 어째서인가?

 지금 모용천을 바라보는 서해영의 눈은, 표정은 어느 순간의 남궁미인과 꼭 같았다.

 끝없이 펼쳐진 검은 대나무 숲. 그 흔들리는 현죽림을 굽어보며 했던 남궁미인의 말이 서해영과 겹쳐 보이는 것이다.

"그곳에서 나는… 우리는 어떻게 하면 되는 거죠?"

 그 말을 하는 남궁미인의 얼굴을, 목소리를 모용천은 몇 번이나 머릿속으로 되풀이했던가? 그리고 그때와 다른 대답을, 남궁미인이 원했을 그런 말을 몇 번이나 되풀이했던가?

 남궁미인에게 무엇 하나 약속할 수 없던 현실을 정면으로 바라볼 용기가 있었더라면, 그래서 그날 남궁미인의 질문에 그녀가 원했을 대답을 할 수 있었다면 많은 것이 바뀌었을 것이다.

 모용천은 바뀐 미래를, 또 다른 세계를 수없이 상상해 왔었다. 그 속에서 남궁미인은 여전히 살아 있었고, 아름다웠으며, 모용천의 곁에 있었다.

 그러나 그것들은 모두 거짓이요, 허상이다.

 꿈은 언제나 남궁미인이 없는 현실로 내동댕이쳐지는 것으로 끝나고 그때마다 괴로워하기를 반복했다.

 그런데 지금.

 서해영은 모용천이 죽을 때까지 잊지 못할 그 모습 그대로, 그 눈으로 같은 말을 하고 있다. 그것도 손을 뻗으면 닿는 현실 속에서.

 "……."

 "……."

 칼바람이 부는 가운데 영겁과도 같은 침묵이 이어졌다. 잠시 후, 서해영은 손바닥으로 눈물을 닦으며 말했다.

 "형한테 내가 무슨 소리를… 미안해요."

 "아니, 아니야……."

 모용천은 황급히 서해영의 사과를 만류했다. 그러나 서해영은 울고 있는 얼굴로 웃으며 말했다.

 "춥네요. 할 말은 다 했으니 이만 가볼게요."

 "그, 그래……."

서해영은 모용천의 겉옷을 두른 채 몸을 돌렸다. 서해영이 손짓을 하자 곧 절창이 나타나 그녀를 어깨에 올리고 성 안으로 사라졌다.

 모용천은 자신이 무슨 말을 해야 했는지 생각해 봤지만, 마땅히 해야 할 말을 찾을 수 없었다.

*　　　*　　　*

 훈풍은 곧 중원으로 돌아왔다. 살얼음이 녹아 또 다른 곳의 겨울로 실려갈 무렵, 백사궁을 향한 제마성의 총공세가 시작됐다. 사파 일통을 목전에 둔 제마성의 마지막 과업이었다.

 백사궁은 명색이 제마성과 대립하는 사파 무림의 이대 단체였지만, 규모와 전력의 차이는 실상 비교가 무의미할 정도였다. 제마성과 마찬가지로 백사궁 역시 사왕 좌오린이라는 절대고수를 중심으로 형성되긴 하였으나, 이미 제마성이 선점한 상황에서 백사궁으로 들어갈 고수가 없었던 것이다.

 궁주를 자처하는 사왕 좌오린을 제외한다면 전력으로 꼽을 수 있는 고수는 기껏해야 사왕의 세 제자가 다였다. 그중에서도 절정고수의 반열에 올랐다고 일컬어지던 북궁율은 독왕 당사윤의 비도에 쓰러졌으니, 제마성과의 전력비는 구 대 일이라고 하기도 민망할 지경이었다.

그럼에도 불구하고 마왕 황종류는 가능한 모든 전력을 이번 백사궁 토벌에 투입했다. 토벌대의 책임자로 부성주인 천리안 진첩결을 임명했고, 외오각주 중 네 사람—항불, 섭영귀, 혈랑도객, 요검—을 전면에 내세운 것이다. 그에 더하여 토벌대에 절창이 포함됐다는 사실이 전 무림을 들끓게 했다.

권왕의 영웅연 이후로 기소위의 행보는 알려진 바가 없어, 과연 제마성이 그를 어떻게 쓰고 있는지 궁금해하는 이들이 많았다. 그런 절창이 제마성 투신 후 공식적으로는 처음 모습을 드러낸 것이 바로 백사궁 토벌대라는 점은 화제가 되기에 충분하다. 도왕을 꺾은 창끝이 이제 사왕을 향하고 있으니 이 두 사람의 결투가 과연 이루어질 것인가는 초미의 관심 대상일 수밖에. 게다가 이 싸움이 끝나고 나면—결과야 어찌 되었든—백사궁을 향하던 그 창끝이 정도 무림을 향할 것이니, 실로 모든 무림인들이 제마성과 백사궁의 결전에 촉각을 곤두세우고 있다 해도 과언이 아니었다.

캉! 카앙!

쇳덩이들의 비명이 귀를 먹먹하게 만들고 백사궁 가장 깊은 곳까지 차올랐다. 그와 함께 사방에서 증원을 요청하는 목소리가 높았다.

"남문이 열렸습니다!"

"북문도 한계입니다! 어서 증원을!"

백사궁의 무인들은 끝까지 제 주인에게 충성을 다 하며 압도적인 전력 차에도 굴하지 않고 적들과 맞서 싸웠다. 그러나 이 절박한 충절은 끝내 허공으로 사라지고 말 운명이었다.

증원을 하려 해도 할 전력이 없다는 것은 요청하는 자들도 알고 있는 사실이었다.

가장 깊은 곳, 궁주의 방.

방 한가운데 화려하게 솟은 권좌에는 한 노인이 어두운 얼굴로 앉아 있다. 칠십이 족히 되어 보이는 백발성성한 노인은 한쪽 손으로 턱을 괸 채 그 모든 소리를 듣고 있었다.

그 모든 소리가 백사궁의 붕괴를 외치고 있었다. 노인이 평생에 걸쳐 이루어놓았던 것들이 너무나 쉽게, 이제 누구도 기억하지 못하도록 무너지고 있는 것이다.

콰앙!

갖가지 문양으로 화려히 장식된 문이 거칠게 열리고 누군가 뛰어들어 왔다. 온몸이 피로 물든 장년인, 사왕의 두 번째 제자 신환월(申幻月)이었다.

"크윽! 사부님!"

신환월은 쓰러지듯 백발노인의 앞에서 무릎을 꿇었다. 권좌에 앉은 노인, 사왕 좌오린이 눈을 감으며 말했다.

"잘도 도망 왔구나. 네 사제는 어찌 되었느냐?"

사부의 입에서 사제가 나오자, 신환월은 피 같은 격정을 토해냈다.

"사제가, 아니, 그놈이! 망후(忘侯) 그놈이 사문을 배신했습니다! 크흑!"

"배신이라……."

"예! 적과 내통하여 문을 열어준 것도 모자라, 사문의 모든 무공 비급과 독물(毒物)에 대한 연구 성과까지! 전부 가지고 사라졌습니다! 본문의 모든 것을… 크흑!"

신환월은 끝내 말을 잇지 못하고 주먹으로 바닥을 내려쳤다. 사제에게 배신당해서인지, 아니면 십왕의 한 사람으로 불리는 절대고수를 사부로 두고도 제 뜻 한 번 온전히 펼치지 못한 안타까움에서인지 모를 눈물이 쏟아졌다.

그러나 사왕 좌오린은 사파의 인물치고는 담백한 얼굴로 무릎을 쳐가며 웃는 것이었다. 신환월은 눈물과 피가 섞여 엉망인 얼굴을 들고 사부에게 물었다.

"사부님! 어째서 웃으시는 것이옵니까?"

"껄껄껄! 셋째가 나를 배신했다는데 어찌 웃지 않을 수 있겠느냐? 껄껄!"

"아니 어찌……?"

신환월은 흘리던 눈물도 멈추고 좌오린을 올려다봤다. 파멸을 앞두고 사부가 실성이라도 했단 말인가? 좌오린은 웃음을 그치고 말했다.

"내 항상 얘기하지 않았더냐? 너희 세 사형제 중 무공으로 치면 첫째인 율이가 제일이요, 뱀을 다루는 법은 너 월이가 제일이다. 셋째인 후는 무공이나 뱀을 다루는 법이나, 독물에 대한 이해 어느 하나 너희 두 사형에 미치지 못했지. 하나 딱 한 가지, 놈이 이 사부마저 능가하는 구석이 있다 하지 않았더냐?"

"……."

신환월은 고개를 숙였다. 상황이 긴박하고 경황이 없었지만 사부가 무엇을 얘기하려는지 알게 된 것이다. 좌오린은 흐뭇한 미소까지 지어가며 말했다.

"그놈의 심성! 음험하고 독하기로는 너희 세 사형제 중 그놈이 가장 낫다고 하지 않았더냐? 과연 내 눈이 틀리지 않았다. 사부를 배신하고 형제의 등을 치다니, 이야말로 사왕의 이름에 어울리는 행동이 아니고 무엇이겠느냐? 크하하하하핫!"

좌오린은 실성한 사람처럼 웃어젖혔다.

그와 동시에, 신환월이 열고 들어온 문으로 일련의 사람들이 들어왔다. 진첩결을 필두로 한 제마성의 고수들이었다.

"여기까지!"

좌오린의 앞에서 무릎을 꿇고 있던 신환월이 크게 소리치며 몸을 날렸다.

"사부님, 어서 피하십……!"

그러나 채 말을 끝내기도 전에 은삼교의 검이 빛을 발했다. 한 가닥 붉은 선이 정수리로부터 사타구니까지 신환월의 몸을 양분했다.

"흐읍!"

곧이어 혈랑도객의 거도가 공중에 뜬 채로 갈라지려던 신환월의 몸을 후려쳤다.

콰쾅!

신환월의 몸이 거도에 맞고 벽에 날아가 박혔다. 신환월의 사체는 피죽이 되어 본래의 모습을 찾아볼 수 없었다.

이제 모든 장애물이 치워지고, 백사궁을 지탱하는 이는 사왕 단 한 사람만 남게 되었다. 토벌대의 책임자로 원정 온 천리안 진첩결이 제 수염을 쓰다듬으며 좌오린의 앞에 나섰다.

"오랜만이군."

진첩결의 인사에 좌오린이 눈살을 찌푸렸다. 정파인들처럼 엄밀히 따지는 것은 아니지만 사파인들이라고 배분이 없지는 않다. 좌오린과 진첩결은 한 배분 이상 차이가 나는, 엄연한 강호의 선후배이니 지금 진첩결의 인사는 심히 불손한 것이었다.

그러나 좌오린은 불쾌해하는 대신 비아냥거렸다.

"마왕의 뒤나 핥으며 사는 들개들이 떼를 지어 왔구나! 그래, 예까지 오느라 수고가 많았다."

진첩결을 위시한 제마성 고수들의 낯빛이 바뀌었다. 그러나 사왕을 앞에 두고 누가 감히 경거망동할 텐가? 좌오린은 손뼉을 치며 껄껄 웃었다.

"껄껄! 과연 황가 놈이 개 훈련 하나는 잘했구나! 오죽 훈련을 잘했으면 사람을 가려 물꼬? 정파 놈들에게는 감히 으르렁대지도 못하던 것들이 여기서 이를 드러내니 말이다!"

진첩결이 대꾸했다.

"다 죽어가는 뱀 주제에 말이 많구나! 그래 봤자 네 죽음만 추해질 뿐이다."

좌오린은 기다렸다는 듯 자리를 박차고 일어섰다. 의자 옆에 기대놨던 지팡이가 어느새 그의 손에 들려 있었다.

"그래, 내 죽음이 얼마나 추한지 보자꾸나! 누가 같이 볼 테냐? 너냐? 너냐?"

좌오린은 지팡이 끝으로 진첩결을 가리켰다가, 또 항불을 가리켰다 했다.

그러나 진첩결은 고개를 가로저으며 대답했다.

"네 상대는 따로 있다."

"뭐?"

"나오시오."

진첩결은 좌오린을 무시하고 고개를 돌려 말했다. 그러자 제마성의 고수들이 양옆으로 갈라지고, 벌어진 틈 사이에서 한 청년이 모습을 드러냈다. 모용천이었다.

진첩결은 모용천을 가리키며 말했다.

"여기 모용 공자가 너를 상대할 것이다."

지금 이 자리에는 진첩결과 절창 외에 항불, 섭영귀, 혈랑도객, 요검을 비롯해 황무기와 황지엽까지 제마성이 자랑하는 고수들의 절반 이상이 모여 있었다. 황무기와 황지엽은 차치하더라도, 모용천의 무위는 절창과 진첩결에 이어 세 번째를 차지하고 있으니 사왕을 상대하기에 부족함은 없었다.

그러나 모용천이라는 이름을 제외하고 보면 영락없는 이십대 초반의 애송이다. 좌오린의 얼굴은 대추마냥 검붉게 물들었다.

"진가 놈아! 네가 감히 나를 능멸하려는 게냐?"

좌오린의 목소리가 심하게 떨리고 있었다.

평소라면 십왕의 한 사람인 그가 이런 구태의연한 격장지계에 어찌 넘어갈 텐가? 하나 지금은 좌오린이 평생에 걸쳐 쌓아왔던 모든 것이 무너지기 직전이다.

진첩결은 차갑게 잘라 말했다.

"능멸이야 진즉에 당하였으니 어디 남은 명예랄 게 있겠는가? 시정잡배의 칼질에 죽는대도 상관없을 터. 마지막 발악이나 해봐라."

"네놈이……!"

말을 잇지 못하는 좌오린의 얼굴이 굳어갔다.

능멸이야 진즉에 당하였다. 진첩결의 말은 좌오린의 아픈 구석을 정확히 찌르고 있었던 것이다.

좌오린의 나이가 고희를 넘은 지도 한참이며, 강호를 주유해 온 나날이 벌써 오십여 년이다. 마왕의 출현 이전까지 사파의 일인자로 군림해 왔던 시간도 수십 년이다.

그러나 좌오린은 단 한 번도 사파의 고수들을 휘하에 거느린다든지 무림을 일통하겠다든지 하는 생각을 품어본 적이 없었다. 아니, 그러한 것이 가능하리라는 생각 자체를 할 수 없었다.

무리를 짓는 것은 정파인들이나 하는 행각이다. 화합할 줄 모르고 개성이 강한 사파인들을 어찌 하나로 묶을 수 있겠는가? 이는 좌오린뿐만 아니라 모든 사파인들이 가지고 있던 생각이었다. 물론 상상이야 할 수 있었겠지만 실제로 그것이 가능하다고 여겼던 이는 없었던 것이다.

그러나 마왕은 해냈다.

마왕은 사파 무림의 최강자이며, 실질적으로 십왕 가운데에서도 으뜸으로 꼽히는 자였다. 하나 그가 진정으로 원한 것은 사람들로부터 평가받는 것이 아니라 사람들 위에 군림하는 것이었다. 그리고 모두가 지레 겁을 먹고 시도조차 하지 않았던 일을 해내기에 이르렀다.

바로 사파인들을 하나로 묶어내는 일.

역사란, 완만하게 흐르다가도 어느 순간 급류로 돌변하는 법이다. 사파인들은 무리를 짓지 못하리라는 기존의 상식은 마왕이라는 굽이를 만나 세차게 흐르기 시작한 것이다. 이는 역시 구파일방과 오대세가 중심이었던 정파 무림이 권왕 우진으로 인해 뒤바뀐 것과 궤를 같이했다.

무림은, 세계는 빠르게 변하고 있었다. 기존의 것은 순식간에 낡은 것이 되고, 버려야 할 것이 되었다. 이는 고고한 역사의 물결이니 제아무리 고수라 해도 막거나 바꿀 수 없는 흐름이었다.

그 거대한 흐름을 앞에 두고도 사람들의 반응은 저마다 다르게 마련이라 누군가는 순응하고 누군가는 거부한다. 이는 각자의 선택이니 무엇이 옳고 무엇이 그르다고 하기 힘든 일이다. 누구에게는 바꿔야 할 가치도 누구에게는 소중한 법이니까.

하나 시비(是非)를 가릴 수는 없어도 미추(美醜)는 명백하다.

좌오린은 변하는 시대의 표면만을 보았다. 제마성의 창설에는 철저한 준비가 수반되었음을 간과한 채 따라가기에 급급하여 졸속으로 내놓은 것이 백사궁이었다. 단지 눈앞에 닥친 파멸을 미루어보고자 아무런 대책 없이 제마성을 따랐을 뿐이었다.

사왕은 그가 가지고 있던 사파인으로서의 미학도 헌신짝처럼 버리고 세태를 따르기에 급급했다. 자연히 그런 곳에 전력이 될 고수가 합류할 리 없었다. 더구나 버젓이 이름을 내건 이상 제마성의 제일표적이 되는 것은 시간문제였다.

좌오린이 그러한 시대의 흐름, 달리 말해 하늘의 뜻을 읽지 못했을 리 없었다. 다만 좌오린은 그럼에도 불구하고 한 가닥 희망의 끈이나마 놓지 않겠다고 말했을 뿐이고, 하늘은 그 끈이 썩은 동아줄이라고 답했을 뿐이다. 시대는 제마성을 선택했고 백사궁을 외면했다.

백사궁을 세우지 않았더라면 좌오린은 고고한 사파의 절대고수 중 한 사람으로 아직까지 추앙받고 있을 것이다. 그러니 능멸은 진즉에 당하였다는 진첩결의 말이 좌오린의 가슴속을 파고드는 것이다.

채앵—

수치심에 얼굴이 달아오른 좌오린을 앞에 두고, 모용천은 담담한 얼굴로 검을 뽑았다. 좌오린은 그런 모용천을 보고 헛웃음을 지으며 말했다.

"허어! 네가 정녕 나와 대적하겠다는 거냐?"

진첩결이 모용 공자라고만 소개해서인지 좌오린은 아직 모용천을 알아보지 못하는 듯했다. 모용천은 허공에 검을 한 번 휘두르며 대답했다.

"미안하지만 당신의 목이 필요해서."

휘익!

말이 끝나기 무섭게 모용천의 신형이 좌오린에게로 쏘아졌다.

캉!

모용천의 검이 허공에 멈추고 불똥이 사방으로 번졌다. 좌오린의 손에 어느새 한 자루 지팡이가 들려 있었다.

캉! 카캉!

연이은 모용천의 검격이 날카롭다. 생각보다 빠른 검속과 생각을 뛰어넘는 검로가 좌오린을 압박했다.

사왕인 나를 압박한다? 이런 애송이가?

'이건 또 어디서 튀어나온······!'

막기에 급급하던 좌오린의 머릿속에 불이 켜졌다. 당대에 모용 씨이면서 이러한 자가 어디 둘이나 있겠는가?

"이놈!"

좌오린은 고함을 지르며 모용천의 머리 위로 지팡이를 번

쩍 들었다. 천하의 사왕이 이십여 초 만에 반격의 틈을 포착한 것이다.

사왕의 지팡이가 높이 솟았지만 동작이 완만하고 어떠한 기운도 느껴지지 않았다.

'……!'

모용천이 순간 뒤로 펄쩍 뛰었다. 힘없이 올라간 지팡이가 그 자리로 내리꽂혔다.

콰쾅! 쩌저적!

놀랍게도 아무 힘이 느껴지지 않던 지팡이가 바닥에 깔린 대리석을 부수고, 사방 석 장까지 균열을 냈다. 바닥이 갈라지는 틈을 따라 사왕의 내력이 사방으로 전해지고 진첩결을 비롯한 제마성의 고수들도 그 힘을 피해 뒤로 물러나야 했다.

'대단하군!'

지팡이를 내려치는 단순한 동작에도 이처럼 허와 실이 뒤섞여 있었으니 모용천이 속으로 감탄했다. 괜히 십왕의 한 사람이 아니구나, 그렇게 생각하는데 좌오린이 소리쳤다.

"네놈! 내 제안을 거절했다더니 황가 놈 밑에 들러붙은 거냐?"

제마성이 이미 선점하고 있던 사파에서 후발주자였던 백사궁에 들어갈 만한 고수는 많지 않았다. 웬만큼 이름있는 자들은 이미 제마성 소속이었으니, 좌오린은 정파로 눈을 돌려 당시 상황이 썩 좋지 않았던 모용천을 끌어들이려 했다. 그러나 실패는 물론 그 일로 인해 첫째 제자인 북궁율까지 잃었으니, 괜한 욕심을 부리다가 돌이킬 수 없는 상처를 입고 만 것이다.

그랬던 모용천이, 지금 마왕의 수하들과 함께 와서 자신에게 검을 겨누니 좌오린이 기가 막힐 수밖에.

"마음대로 생각하시오."

긴 말은 필요없다. 모용천은 짧게 대꾸하고 다시 검을 휘둘렀다. 좌오린도 호통을 치며 내력을 끌어올렸다.

"어린놈이!"

카앙!

다시금 허공에 불꽃이 일었다.

볼수록 놀랍다.

진첩결의 눈은 경악으로 가득 차 있었다.

새삼스레 사왕의 무공에 놀라는 것이 아니다. 축적된 내공과 세월이 가져온 연륜으로 따지자면 사왕이 당대제일이라는 게 진첩결의 예상이었다. 그리고 눈앞에서 펼쳐지는 사왕의 무위는 한 치의 오차도 없는, 딱 진첩결의 예상 범위 안이었다.

놀라운 것은 사왕이 아니라 모용천이다.

내공의 차이를 정묘한 초식으로 메우고, 노련한 공세를 본능적으로 대응한다. 이게 말이야 쉽지 어디 가능한 이야기인가? 누가 사왕과 그리 싸우겠다고 하면 코웃음이나 치고 넘겼을 것이다.

그런데 지금 그 허무맹랑한 방식으로 모용천은 사왕과 오십여 초를 싸우고 있으니 천하의 진첩결도 놀랄 수밖에 없었다. 그 귀에 항불의 목소리가 들어왔다.

"허어! 저 미친 놈, 저거! 그새 더 강해졌어?"

진첩결이 돌아보니 항불도 입이 딱 벌어진 상태였다. 옆에서는 혈랑도객과 요검이 별반 다르지 않은 얼굴로 고개를 끄덕이고 있었다.

세 사람의 외오각주들이 모용천과 일전을 치른 게 일 년 전의 이야기이다. 그때에도 이미 모용천은 그들보다 앞서 있었는데, 불과 일 년 새 더욱 성장해 사왕과 대등하게 싸우고 있으니 숫제 말이 나오지 않을 정도였다.

진첩결을 중심으로 세 사람의 반대편에 서 있던 섭영귀의 얼굴도 처참하게 구겨져 있었다. 섭영귀는 모용천에게 당한 굴욕을 반드시 갚아야 할 자다. 모용천이 불에 날아드는 부나비처럼 사왕과 싸운다 했을 때 비웃으면서도 내심 제 손으로 설욕할 기회가 없구나, 아쉬워하기도 했었다. 모용천이 사왕과 이십 초나 제대로 나눌 수 있을까도 의문이었으니 그로서는 당연한 감정이었다. 그러나 지금 모용천은 섭영귀의 아쉬움이 쥐가 고양이 생각하는 꼴이라며, 검으로 부정하고 있는 것이다.

카캉!

모용천의 검이 사왕의 지팡이 위를 두들기며 내는 소리가 섭영귀의 귀에는 이렇게 들렸다.

'네가 무슨 수를 어떻게 쓰든 나에게 복수할 길은 없다.'

캉!

카앙!

무심한 쇳소리가 그렇게 섭영귀를 비웃고 있었다.

'역시 대단하군.'

휘몰아치는 기의 격류, 검과 지팡이의 소용돌이 속에서 모용천은 혀를 내둘렀다.

사왕 좌오린은 이미 칠십을 훌쩍 넘긴 노인이다. 제아무리 절대적인 고수라 해도 인간의 몸으로 세월을 거스를 수는 없다. 뼈가 약해지고 근력이 쇠하니 육신의 힘은 젊은이를 이기지 못하는 법. 그럼에도 불구하고 좌오린의 지팡이에 거대한 힘이 실려 있으니 한 번 격돌할 때마다 모용천에게 밀려드는 힘이 무시무시했다.

휘익!

예측하지 못하는 방향에서 지팡이가 날아들었다. 검고 끝이 뭉툭한 지팡이는 무엇으로 만들었는지, 날 세운 검과 수십 번을 부딪쳐도 흠집 하나 나지 않았다. 오히려 쇠로 만든 검이 부러질까 걱정스러울 정도였다.
 쾅!
 지팡이는 모용천이 있던 자리를 때렸다.
 파바박!
 바닥의 파편이 허공에 튀었다. 재빨리 몸을 피한 모용천의 시선이 허공을 메운 파편 틈으로 멀리 한 사람과 마주쳤다.
 모용천의 선전을 보고도 놀라지 않는 단 한 사람.
 절창이었다.

 약 이천 리.
 제마성에서 백사궁에 이르는 원정길의 거리이다.
 삼천에 달하는 토벌대의 인원을 생각하면 결코 가깝지 않은 거리다. 게다가 황실의 눈을 고려한다면 그만한 규모의 인원이 한 번에 먼 길을 가기란 쉽지 않은 일이다. 하여 토벌대는 좀 더 작은 단위로 나누어져 각기 다른 길을 선택, 백사궁 근처에 도착 후 합류하기로 되어 있었다.
 나누어진 단위 병력을 통솔하는 것은 진첩결이나 외오각주, 그리고 황 씨 형제의 몫이었다. 반면 절창은 개인적으로 마왕의 수하가 된 것이지, 제마성 내에서 따로 지위를 부여받지 못했기 때문에 병력을 통솔할 책임도 없었다. 대신 절창이 맡은 것은 모용천이었다.

두 사람이 겨우 서너 명 남짓의 수행원만을 거느리고 먼 길을 오면서 할 이야기라고는 무공에 관한 것이 전부였다. 절창이나 모용천이나 달리 취미랄 것을 가지지 못한 처지였으니 말이다.

그리고 이는 모용천에게 있어 다시없을 경험이었다.

모용천은 강호에 나온 이래, 아니, 무공을 익히기 시작하면서 자신보다 나은 고수에게 가르침을 받아본 적이 없었다. 그의 천품이 애초에 타인의 사사를 필요로 하지 않았기도 했지만, 그보다 나은 고수가 드물기도 했던 까닭이다.

처음에 절창은 모용천을 제마성으로 데려온 것에 대해서, 그리고 서해영에 대해서 일종의 부채감을 가지고 있었기에 모용천의 질문을 받아주었다. 그러나 무공에 대한 모용천의 이해와 식견은 이미 그와 어깨를 나란히 할 수준이라 그는 갈수록 모용천과의 논검을 즐기게 되었다.

제마성에서 백사궁까지, 길 위에서 모용천이 절창과 벌인 논검이 백여 회. 직접 무공을 주고받지는 않았으나 모용천은 마른 종이가 물을 흡수하듯 절창의 무학에 관한 이해를 빠르게 받아들일 수 있었다. 이는 모용천에게 자신의 무공을 돌아보는 계기가 되어주었고, 그 효과는 놀랍게도 사왕과의 일전에서 바로 나타나고 있었다.

"하앗!"
 짧고 낮게, 제 검과도 같은 기합 소리가 모용천의 입에서 튀어나왔다. 이미 백여 초를 치른 후라 좌오린은 조금도 경시하지 않고 모용천의 검을 막았다.
 카앙!
 동시에, 지팡이를 잡지 않은 사왕의 왼손이 움직였다. 손끝을 모아 뱀의 형상을 한 사왕의 왼손이 모용천의 어깻죽지를 찔러 들어갔다.
 쉬익—
 뱀의 혓소리를 내며 찔러 들어오는 사왕의 왼손! 모용천은 손을 빙글 돌려 내지른 검을 회수하는 동시에 사왕의 왼손을 쳐냈다. 사왕은 팔꿈치를 굽혀 뻗었던 손을 회수하고, 간발의 차이로 모용천의 검이 그 자리를 지나갔다.
 그때!
 좌오린이 손끝을 돌리며 채찍을 휘두르듯 팔을 튕겼다.
 쉬익—
 아까처럼 사왕의 손이 내는 소리가 아니다. 튕긴 팔, 그 소매 안에서 두 마리 뱀이 용수철처럼 튀어나왔다. 서로 다른

색의 뱀들, 녹일사와 적일사였다.

두 마리 뱀은 좌오린의 손끝이 노리던 그 지점, 모용천의 어깻죽지를 정확히 물었다.

"큭!"

바늘 끝에 찔리는 듯한 통증! 그리고 박힌 이빨을 통해 피에 섞여드는 맹독이 느껴진다. 모용천은 이빨을 박고 매달린 뱀들을 잡아 바닥에 팽개치고 재빨리 혈도를 짚었다.

타탁!

독이 몸 전체로 퍼지는 것은 막았으나 임시방편에 불과하다. 곧 모용천의 얼굴이 안색이 어두워졌다.

"크읔……!"

모용천은 이를 악물며 검을 왼손으로 바꿔 들었다. 오른팔 전체에 불이 붙은 것 같은 고통이 엄습했다.

모용천이 비틀거리면서도 검을 바꿔 쥐자 좌오린의 얼굴이 경악으로 물들었다. 사실 좌오린이 지금 펼친 한 수는 일대 종사가 펼치기에는 부적합한, 실로 치졸한 수법이었다. 항상 준비해 두고는 있으나 쓸 기회가 없었던 수법을, 겨우 모용천을 상대하면서 쓰게 되었으니 내심 착잡한 마음을 금할 길이 없었던 것이다.

더구나 저 두 마리 뱀은 보통 녹일사와 적일사가 아니라, 수없이 많은 교배를 통해 태어난 뱀들 중에서 좌오린이 특별히 골라낸 독물 중의 독물이었다. 웬만하면 물리는 순간 즉사해야 마땅한데, 모용천은 쓰러지지도 않고 계속 싸우겠다며 검을 고쳐 쥐는 것이다.

"이놈은 대체……."

항불 등 이 자리에 있는 모두가 느꼈던 감상을 좌오린도 똑같이 느끼고 있었다. 모용천이라는, 기존의 잣대로는 잴 수 없는 존재에 대한 놀라움과 두려움을.

"끝났군."

섭영귀가 중얼거렸다. 섭영귀 역시 오음멸독수를 익혀 독공에 관한 일가견이 있다. 각기 다른 성질을 가진 두 마리 뱀의 독이 침투했으니, 그들이 몸 안에서 만나 어떤 변화를 일으킬지는 아마 사왕 자신도 모를 것이다.

"끝났다고?"

황무기가 돌아보자, 섭영귀가 부연설명을 했다.

"지금 저 수법은 아마 사왕의 마지막 한 수였을 겁니다. 저런 수를 이렇게 보는 눈이 많은 곳에서 쓴다는 건 스스로도 마지막을 각오했다는 뜻이지요. 그러니 저 뱀에는 해독약도 없을 겁니다. 이 이상 쓸 수 있는 수법도 없겠지요."

"으음……."

"왜 그러십니까?"

섭영귀의 설명을 들은 황무기의 안색이 어두워졌다. 섭영귀가 묻자 황무기는 고개를 저으며 말을 얼버무렸다.

"아니, 아무것도 아니오."

그러나 어투에서 묻어나는 아쉬움은 감출 길이 없다.

'저런 치졸한 수에 당하다니! 멍청한 놈!'

황무기는 속으로 모용천을 욕했다.

저런 것으로 모용천의 최후를 대신할 수는 없다. 그의 마지막은 내가 되었든 아버지가 되었든, 마천상야공에 의해서라야 마땅하다는 생각이 황무기의 머릿속을 가득 채우고 있었다.

"흥, 명색이 십왕이라는 작자가……!"

비웃으며 진첩결이 앞으로 나섰다. 이미 모용천은 끝났다고 판단한 것이다. 그때, 한 발 내딛은 진첩결의 앞을 한 자루 창이 가로막았다. 절창이었다.

"무슨 짓이오?"

진첩결이 눈살을 찌푸리며 물었다. 절창은 아무렇지도 않은 표정으로 대답했다.

"아직 멀었소."

"뭐가 멀었다는… 허어?"

절창의 행동에 불쾌해하던 진첩결이 말을 멈췄다. 중독되어 끝이라고 생각했던 모용천의 검이 움직인 것이다.

좌오린이 크게 소리쳤다.
"끈질긴 놈이로고!"
좌오린의 지팡이가 크게 휘둘러졌다. 뭉툭한 지팡이 끝이 모용천의 머리를 강타하려는 순간,
스르륵—
모용천의 신형이 미끄러지듯 옆으로 밀려나며 좌오린의 지팡이를 피했다. 그리고 그의 검이 좌오린을 향해 뿌려졌다.
쏴아아!
모용천이 한 번 내려치자, 마치 비처럼 수없이 많은 검이 좌오린을 향해 내렸다.
파바박!
옷이 찢기고 피가 튀며 좌오린의 온몸에 상처가 생겨났다. 좌오린은 황급히 지팡이를 들어 쏟아지는 검격을 막아냈다.
바로 그때.
수없이 쏟아지는 검기 속에서 한 줄기 벼락같은 살수가 좌오린의 머리 위로 내리꽂혔다. 좌오린은 대경하여 두 손으로 지팡이를 잡았다. 검과 지팡이가 만나는 지점에 눈부신 빛이 일었다.
번쩍!
말 그대로 벼락처럼 내린 일검이다. 알 수 없는 빛이 방 안을 가득 메우고 사람들의 눈을 가렸다. 황지엽은 눈을 감으며

고개를 돌렸다.

"크윽!"

콰콰쾅!

빛이 사라지기도 전에 굉음이 일었다. 그로부터 발생한 바람이 사람들을 밖으로 밀어냈다. 모용천과 좌오린을 중심으로 일어난 먼지가, 빛과 함께 두 사람의 모습을 가렸다.

"……."

"……."

잠시 후, 빛이 사라지고 먼지가 가라앉았다. 두 발로 서 있는 자는 사왕 좌오린이며, 쓰러져 있는 자는 모용천이었다.

"이건……!"

"허어!"

섭영귀는 말을 잇지 못하였고 항불은 그저 탄식만 할 뿐이었다. 다른 이들도 입 밖으로 꺼내지는 않았으되 감상은 두 사람과 다를 바 없었다.

"꺼… 어어……?"

좌오린은 뜻 모를 소리를 남기며 바닥에 쓰러졌다. 그의 두 손에는 두 동강 난 지팡이 조각이 들려 있었다.

모용천이 일으킨 수법의 여파가 가라앉았지만 누구도 감히 다가서지 못하고 있었다. 그때, 절창이 누구보다 먼저 움직였다.

한 걸음에 쓰러진 모용천에게로 달려간 절창은 그를 일으켜 앉히고 등에 두 손바닥을 가져갔다. 진첩결이 놀라 소리쳤다.

"중독된 몸이오! 만지지 마시오!"

"아직 살릴 수 있소!"

절창이 소리치며 모용천의 등에 손바닥을 댔다.

"으음!"

절창의 손바닥을 통해 정심한 내력이 모용천의 몸속으로 흘러들었다. 그러나 방금 전, 모용천이 펼쳐 낸 무지막지한 위력의 수법 탓인지 이미 독은 온몸에 퍼져 있었다. 절창이 아무리 내력을 운용해 봐도 독을 제압은커녕 억제할 수도 없었다.

진첩결이 다가가 말했다.

"쓸데없는 짓 그만두시오."

그러나 절창은 대답하지 않았다. 그가 평생에 걸쳐 쌓아온 내력을 모두 쏟아부어서라도 모용천을 살려야 했다. 어느새 절창의 이마에 굵은 땀방울이 맺혔다.

그 모습을 본 진첩결의 머리가 복잡하게 돌아갔다.

'행여나 다시 살아나게 놔둘 수는 없다. 이 기회에 절창까지 한 번에 없애 버리는 게 나을까?'

진첩결은 모용천이 행여나 황종류에게 위해를 가할 수 있다고는 꿈에도 생각해 본 적이 없었다. 행여 모용천이 그럴 정도로 강해진다 해도 먼 훗날의 이야기이며, 그전에 싹을 뽑으면 된다는 정도로 치부해 왔던 게 사실이다. 하나 지금 보니 싹을 뽑기는커녕 모용천은 이미 거목으로 성장해 버린 것이다.

 진첩결에게 있어서는 절창 역시 다루기 힘든 패 중 하나였다. 절창이 비록 백파검을 볼모로 하여 허튼 마음을 먹지 못한다 한들 어디까지 믿을 수 있단 말인가? 진첩결이 생각하기에 백파검이 절창의 혈육이 아닌 이상 완전히 믿을 수는 없는 노릇이었다. 현실의 벽 앞에서 우정이란 얼마나 얄팍한 것이던가? 절창이 지금이야 마왕의 아래에 있지만 그 또한 얼마든지 제자리를 박차고 나올 수 있음을 감안한다면, 또 무진총주가 끝내 백파검을 치료하지 못한다면 기회가 왔을 때 제거하는 편이 차라리 나을 것이다.

 어떻게 해야 할지 진첩결이 망설이고 있는 사이 누군가 그들에게로 달려왔다. 황지엽이었.

 "삼공자, 무슨 일이십니까?"

 진첩결의 말에 대꾸도 하지 않고, 황지엽은 품에서 작은 환단 하나를 꺼내 모용천의 입속으로 밀어 넣었다. 모용천의 입속으로 들어간 환단을 알아본 진첩결이 놀라 소리쳤다.

 "삼공자! 그것은 옥화현청단(玉化玹淸丹) 아니오!"

옥화현청단은 백사궁 토벌에 앞서 무진총주 석공이 특별이 제조한 단약으로, 탁월한 해독 효능을 가지고 있었다. 물론 그것이 모용천의 중독에 어떤 도움이 될지는 몰라도 그 자체로 상당히 귀한 물건이었다.

"대체 무슨 짓을……!"

재차 묻는 진첩결을 무시하고 황지엽은 항불들을 보며 명령했다.

"지금 당장 들것을 가져오라 이르시오. 그리고 가장 빠른 말과 마차를 준비해 놓으시오!"

"삼공자!"

두 번이나 무시당한 진첩결이 목소리를 높였다. 그제야 돌아본 황지엽은 결연한 표정으로 대답했다.

"이자는 여기서 죽어서는 안 됩니다."

"어차피 죽을 자입니다!"

"아직 죽은 것도 아니지요."

"지금 나와 말장난을 하자는 겁니까?"

황지엽은 단호히 잘라 말했다.

"이자는 약속대로 사왕을 죽였소. 이제 주군께서 약속을 지켜야 할 차례요."

"무슨 약속을 어떻게 지키겠다는 겁니까?"

"방법이 있다면 이대로 죽어서는 안 되겠지요."

"방법이라니, 대체 무슨……!"

해독약도 없는 맹독, 그것도 두 가지에 중독된 모용천이다. 게다가 믿을 수 없는 위력의 절초를 사용하면서 몸의 기능들이 활성화되는 바람에 독은 온몸에 퍼졌을 것이다. 이런 그를 어찌 살려내겠다는 말인가?

그러나 황지엽은 고개를 저으며 단호히 말했다.

"무진총주라면 이자를 살려낼 수 있을 것이오."

끼익—

이름을 알 수 없는 새가 기묘한 울음소리를 냈다. 고개를 돌려보니 새는 형형색색의 날개를 퍼덕이며 숲 속으로 사라졌다. 새가 앉아 있던 가지 아래로 몇 가닥 깃털이 내려왔다.

"……"

깃털은 사내의 손바닥 위에 내려앉았다. 피처럼 붉은색과 풀처럼 푸른색이 공존하는 깃털을 바라보던 사내는 주먹을 쥐어 깃털을 구기고 고개를 들었다.

하늘 끝까지 경쟁하듯 솟은 나무들. 녹음이 짙어 어둠에 가까운 대지. 눅눅한 공기와 들끓는 벌레들. 모두들 너무나 익숙한 것들이다.

후웁.

사내는 눈을 감고 깊게 숨을 들이마셨다.

이곳은 사계가 순환하는 중원과 다른 상하(常夏)의 땅. 사내가 나고 자란 어머니의 대지. 저 오만한 중원인들에게 남만이라고 불리는 땅, 바로 숲의 나라다.

사내, 아자할은 눈을 뜨고 주위를 둘러봤다. 주변은 오직 빽빽이 들어선 나무뿐이다. 중원에서는 좀처럼 보기 힘든, 손바닥 두 개를 합친 것보다 넓은 잎들이 아자할의 마음을 감싸듯 머리 위에 펼쳐져 있었다.

아자할은 회한 서린 눈으로 중얼거렸다.

"대체 몇 년 만인가……?"

제마성이 사파 무림 일통의 마지막 단추, 백사궁 공략을 목전에 두고 한창 분주할 무렵. 아자할은 황종류에게 잠시간의 휴가를 청했다. 거사를 앞둔 상황에서 비사면주 중 한 사람이 휴가를 청하는 것은 있을 수 없는 일이었지만, 홀로 황종류를 수행하여 강호에 다녀왔던 점이 감안되었다. 물론 주변의 따가운 시선을 피할 수 없었지만.

어쨌든 아자할에게는 휴식이 필요했다. 황종류를 따라 강호에 다녀온 일도 피곤하였지만, 그보다는 그를 둘러싼 주변의 복잡한 상황을 피하고 싶은 마음이 간절했다. 황무기와 황지엽을 놓고 벌이는 제마성 유력자들 간의 정치적인 다툼이 그에게는 도무지 맞지 않았다. 하여 일찌감치 중립을 선언했건만, 연인인 방난화의 등쌀은 그마저도 지키기 어렵게 만들었던 것이다.

그렇게 휴가를 받았으나 마땅히 할 일이 없었던 아자할은 발길이 닿는 대로 길을 떠났다. 그리고 도착한 것이 바로 그의 고향, 이곳 숲의 나라였다.

"바뀐 게 없군."

아자할은 이끼 낀 바위를 밟아가며 중얼거렸다. 숲은 바다처럼 넓었고, 그 안의 마을은 섬처럼 떨어져 있었다. 자연만큼이나 사람의 살림살이도 달라지지 않는 곳이 이 숲의 나라다.

그에 비하면 중원의 변화 속도는 쏜살같다 해도 과언이 아니다. 특히 도시는 한 해 한 해가 달라, 숲에서 자란 아자할에게는 현기증이 날 정도로 빠르게 변하는 것이다.

그러나 아자할이 고향을 떠난 지도 벌써 이십여 년이 지났다. 생의 절반을 중원에서 살았으니 오랜만에 돌아온 숲이 변함없다는 사실이 오히려 생소했다.

바뀐 게 없기에 오히려 생소하다니, 이 무슨 역설이란 말인가? 마음의 평온을 찾으러 온 고향에서 오히려 심란함만 더하니 아자할은 절로 웃음이 났다.

"허허……."

하긴 사람을 반기는 것은 사람이지 숲이 아니다. 도망치듯 떠나온 고향으로 돌아온다고 무슨 마음의 평화를 얻을 수 있단 말인가? 자신을 반기는 이는 아무도 없을 텐데.

스스로의 생각이 너무 순진했다며 아자할은 쓴웃음을 지었다. 예까지 오는 길 위에서 휴가의 절반을 쓴 셈이다. 도대체 무엇을 위해 먼 길을 왔단 말인가?

"후우."

아자할은 한숨을 쉬고 앞으로의 일을 생각했다. 그가 나고 자란 마을은 숲 깊은 곳으로, 지금 있는 곳에서 사오 일은 족히 더 들어가야 한다. 이대로 돌아가기는 아쉬움이 크지만 마을까지 간다 하여 반겨줄 사람이 있지도 않다.

"어쩔까?"

반겨줄 사람이 있지도 않은데. 아자할은 그리 중얼거리며 숲 속으로 걸어 들어갔다. 행로를 정하지 않고 가는데도 어느새 주위 풍경이 익숙했다. 어린 시절 뛰놀던 곳, 머리는 잊었어도 다리가 기억하고 있던 것이다. 다리가 먼저 떠올리고 머리에게 가르쳐 준다.

"이리로 빠져나가면… 포이강이렷다?"

콸콸콸—

과연 나무 사이를 빠져나오자 폭이 두어 장쯤 되는 강이 나타났다.

이 땅의 숲 속에는 셀 수 없이 많은 강이 실핏줄처럼 퍼져 있다. 몇몇 큰 줄기를 제외하면 나머지 지류들은 특별한 이름이 없다. 그때그때 부르는 사람에 따라 달라질 뿐이다.

반질반질한 강가의 바위 위에 서서 아자할은 흐르는 물을 바라봤다. 누구나가 이 강을 포이강이라고 부르는 것은 아니다. 포이강이라는 이름은, 숲의 주민들 중에서도 단 두 사람만이 부르는 이름이다.

"이제부터 이 강은 포이강이야!"

어린아이의 당찬 목소리가 귓가에 아른거린다. 먼 날의 기억이 흐르는 강물 위에 떠오른다. 드넓은 숲의 바다를 제 집처럼 헤집고 다니던 형제의 모습. 일일이 이름을 붙여가며 이 강은 내 것이며 저 나무는 네 것이며 하던 아이들.

서너 살 터울의 형제는 지금과 다른 이름을 가지고 있었다. 형보다 머리 하나가 작았던 아이는 아자할이라는 이름이 아니었으며 동생의 손을 꼭 잡고 뛰놀던 형 역시 아나홀이라는 이름이 아니었다.

선대 아나홀의 아들로 태어난 그들은, 모두 타사주라는 이름을 가지고 있었다.

 콰콰콰콱—

 같은 이름을 가지고 있었지만 형은 항상 아자할의 앞에서 걸어가고 있었다. 그 이유가, 언제나 형의 등을 봐야만 했던 이유가 단순히 늦게 태어나서였다면 아자할이 숲을 떠나지도 않았을 것이다. 말 설고 물 설은 중원을 떠돌아다니지도 않았을 것이며 마왕의 수하가 되어 골치 아픈 일에 휘말리지도 않았을 것이다.

 그러나 형은 날 때부터 아자할과 달랐다. 아니, 선대의 누구도 형만 한 자가 없었을 것이다.

 형은 특별했다. 그 팔은 범과 같이 강인했고 다리는 말처럼 두꺼웠다. 어른들은 항상 형을 칭찬하기도 모자라 칭송하기 바빴다.

 숲에서 가장 용맹한 전사만이 받을 수 있으며 뭇 마을의 지도자를 뜻하는 이름, 아나홀은 오로지 형을 위해 준비된 것이었다.

 반면 어린 아자할에게 돌아오는 말은 고작해야 이런 것이었다. 형이 없었더라면, 네 형과 형제로 태어나지 않았더라면 누구보다 용맹한 아나홀이 되었을 것이다.

 네 형만 아니었다면…….

 오랫동안, 아니, 지금도 아자할을 괴롭히는 이름.

아나흘이라는 가질 수 없는 이름 앞에서, 당연하다는 듯 형의 것이 되었던 이름 앞에서 아자할은 등 돌려 도망쳤었다.

그러나 숲을 떠나 중원을 떠돌면서도 아자할은 여전히 아나흘이라는 이름으로부터 자유로울 수 없었다. 그것은 일종의 천형(天刑)이었고 숙명이었다.

콰직!

아자할은 신경질적으로 발을 굴렀다. 그 아래 있던 바위는 과자처럼 부서져 물속으로 사라졌다.

형이라는 이름의 저주도 저 바위처럼 부서져 사라졌다. 아자할은 이제 그보다 더 크고 무서운 자를 알고 있다. 더 이상 형의 이름은 그에게 어떠한 영향도 줄 수 없었다. 그렇다. 그래야 했다.

그러나… 그 자유를 누리지 못하고 숲으로 돌아온 것은 어째서인가? 저주는 잠간 보이지 않았을 뿐, 부서져 사라진 게 아니었단 말인가?

그럴 리 없다. 아자할은 속으로 중얼거렸다.

이제 마왕의 직속 비청면주이고, 앞으로 중원 무림의 지배자 중 한 사람이 될 몸이다. 이런 촌구석에서 왕 노릇이나 하는 형, 수왕이라는 이름에 만족하여 다시 숲으로 들어온 형이 감히 비할 수 없는 자리에 오를 것이다!

아자할은 입술을 깨물며 고개를 숙였다. 방금 자신이 부순 바위의 잔해가 발밑에 남아 있었다. 아자할은 눈을 흘기며 물 안으로 잔해를 차 넣었다.

"흥……!"

괜한 짓이다. 이것은 숙명이나 저주 같은 것이 아니라, 내 스스로 가지고 있는 강박관념일 뿐이다. 아자할은 떠오르지 않는 돌을 비웃으며 몸을 돌렸다. 그때 아자할의 앞, 우거진 수풀이 흔들리며 한 청년이 나타났다.

"……!"

청년과 마주친 아자할의 몸이 제자리에 못 박혀 굳어버렸다. 크게 떠진 눈 안에 청년의 얼굴이 가득 들어왔다. 아자할과 닮은, 그러면서도 보다 선 굵은 얼굴.

청년 역시 아자할의 존재를 미처 몰랐던 듯, 놀라 제자리에 멈춰 선 채였다. 아자할은 청년을 보며 자신도 모르게 중얼거렸다.

"형님……?"

"현… 닌?"

청년이 어설픈 중원말로 아자할의 말을 되풀이했다. 중원인들과 부대껴 산 지 오래다 보니 이제는 혼잣말도 중원말로 나오는 모양이다.

"아니, 아니다."

아자할은 숲의 말로 바꿔 말했다. 그러자 청년은 뒤로 물러나며 주먹을 들었다. 경계하는 태세가 역력했다.

"이 근처는 사람이 다니지 않는 길일 텐데?"

"……."

사방 백 리 이내에 사람의 마을이 없는 땅이다. 그렇기에 사람의 발길이 뜸하다는 것쯤은 아자할도 알고 있었다. 그렇기 때문에 오히려 더 제집처럼 드나들었던 땅이다.

아자할이 마땅히 할 말을 몰라 망설이자 청년의 경계심이 한층 올라갔다.

"생긴 것은 숲의 형제인데 왜 말이 없지?"

"아니, 그것이……."

아자할은 무슨 말이라도 해야 할 것 같았다. 그러나 얼버무리려 하는 모습이 오히려 청년을 자극했다.

"억양에 중원 풍이 섞여 있군. 방금 전의 중원말도 그렇고, 너는 누구의 아들이냐?"

"나는……."

"흥! 제대로 대답하지 못하는 걸 보니 뒤가 구린 모양이군! 입을 열게 해주지!"

청년은 빠르게 말하고 아자할을 덮쳤다.

휘익!

날카롭게 세워진 청년의 손가락이 아자할의 온몸을 노리

고 들어왔다. 초식도 무엇도 아닌 마구잡이로 휘두르는 손가락은 거친 야생의 힘이 가득 실려 있었다. 더구나 경로가 없어 보이면서도 어느 순간, 목뼈를 부러뜨리는 범의 앞발처럼 가장 효율적인 공세를 취하고 있었다.

청년을 처음 만났을 때보다 더한 놀라움이 아자할의 눈 속에 떠올랐다.

생긴 것만이 아니다. 뛰어오르는 품새 하나, 구부린 손가락 하나가 모두 오래전 그를 연상케 한다.

파바박!

아자할의 손이 청년의 손을 막았다. 네 개의 손이 허공에서 부딪치고 얽힌 순간, 아자할이 얼굴을 찌푸렸다. 손가락 끝으로 생소한 통증이 전해졌다.

"으음!"

아자할의 손가락 끝은 이미 굳은살의 차원을 뛰어넘어 각갑류의 껍질처럼 단단하게 굳어 있었다. 웬만한 보검이 아니라면 칼로도 잘 베이지 않을 정도인데, 그런 아자할의 손가락이 청년의 맨손에 상처를 입은 것이다.

"이놈!"

상처가 전의를 부추긴다. 아자할은 크게 소리치며 손을 벌려 청년의 손목을 잡았다.

부웅—

청년의 몸이 허공을 한 바퀴 돌았다. 아자할은 그를 강물 속에 내동댕이쳤다.

첨벙!

물이 사방으로 튀고 청년의 몸이 물속에 잠겼다.

"으윽!"

청년은 괴로워하면서 몸을 일으켰다. 그러나 곧바로 아자할의 손이 수면 위로 올라오려는 청년의 목을 잡았다. 청년의 얼굴이 일렁이는 물결 아래에서 일그러지고, 코와 입에서 기포들이 부글거리며 올라왔다.

"읍! 으읍!"

청년의 몸이 격렬히 들썩였다. 몇 바가지는 족히 될 물이 튀고 아자할도 머리부터 발끝까지 물을 뒤집어썼다. 그러나 청년의 목을 붙잡은 손은 끝까지 놓지 않고 있었다.

"으읍……!"

격렬하던 청년의 저항이 잦아들었다. 맹수를 연상케 하는 청년의 탄탄한 육체도 숨을 쉬어야 움직일 수 있는 법이다. 청년의 목으로부터 아자할의 손아귀로 저항의 의지가 약해졌음이 느껴졌다. 아자할은 목 대신 멱살을 잡고 청년을 들어 올렸다.

"푸헉!"

청년은 물을 토해내며 숨을 들이켰다. 아자할은 제 얼굴을 청년의 얼굴 바로 위로 가져가 눈을 마주치며 물었다.
"예의라고는 눈곱만치도 찾아볼 수 없는 놈이군."
물을 잔뜩 먹었지만 청년의 눈빛은 조금도 수그러들지 않았다. 청년은 숨을 헐떡이며 말했다.
"예의? 헉, 허억! 중원인에게나 필요한, 말을, 허억……! 네 놈, 정체가 대체… 우웁!"
청년의 말이 길어지자 아자할은 그를 다시 물속에 쳐 넣었다. 아자할은 무릎으로 청년의 복부를 눌러 저항을 막았다.
"그렇다고 다짜고짜 손을 쓰나? 예의도 없고 성질도 급한 놈이로구나!"
수면 위로 부글부글 올라오던 기포가 어느덧 사라졌다. 손아귀에 느껴지는 근육의 긴장감도 줄어들고 있었다.
수행이 깊은 내가 고수라면 일다경쯤은 숨을 참을 수 있다. 그러나 그것은 어디까지나 운신이 자유로워 내력의 운용에 제약이 없을 때에나 가능한 이야기다. 무공을 펼치는 등 손발을 격렬히 움직이거나 심력을 소모하면 그만큼 숨을 참는 시간이 줄어드는 게 당연하다.
내가 고수도 그럴진대, 하물며 숲에서 자란 젊은이가 버텨봤자 얼마나 버티겠는가? 숲에서 구전으로 전승되어 온 무공이란 대개 외공에 국한되어 있다. 내공이란 개념조차 없는 것이 현실인데, 간혹 지금의 아나홀 같은 이가 나타나 중원의 고수들과 어깨를 나란히 하기도 하지만 어디까지나 특별한 경우에 불과하다.

"흥……!"

묻고 싶은 것도 있고, 이십여 년 만에 찾은 고향에서 살생을 저지르고 싶지 않다. 아자할이 코웃음을 치며 복부를 누르고 있던 무릎에 슬며시 힘을 거두어들일 때, 예상치 못한 일이 일어났다.

파파팍!

강하게 물이 튀며 청년의 하반신이 수면 위로 튀어 올랐다. 물속에서 몸을 튕기는 힘이 어찌나 강한지, 힘을 거두어들였다고는 하나 여전히 청년의 복부 위에 올려놓았던 아자할의 무릎이 밀려났다.

"……!"

놀라운 일은 거기서 그치지 않았다. 머리는 여전히 물속에 처박힌 채로, 물고기처럼 수면 위로 튀어 오른 청년의 두 다리가 아자할의 목을 휘감는 게 아닌가? 청년은 긴 다리로 아자할의 목을 감은 채 물속에 있는 상체를 비틀었다.

"크윽!"

청년의 다리 힘이 무지막지하다. 버티고 있자면 목이 부러질 것 같다는 생각에 아자할은 어쩔 수 없이 힘이 향하는 방향으로 몸을 날렸다.

쿵!

아자할의 건장한 몸이 반원을 그리며 날아 강물 속에 처박혔다. 그와 동시에 수면 위로 상체를 일으킨 청년이 손가락을 세워 물속으로 찔러 넣었다. 간신히 녹음을 뚫고 내려온 햇살이 일렁이는 수면을 부수고, 청년의 위협적인 손가락들이 아자할의 눈 안에 들어왔다. 아자할은 물속에 잠긴 채 몸통을 돌렸다.

파파파파팍!

급격히 끌어올린 진기가 물방울을 세차게 튀겼다. 맹렬한 기세에 놀란 청년이 찔러 넣던 손을 회수하며 뒤로 펄쩍 뛰었다. 동시에 아자할이 물 밖으로 튀어나와 강가에 올라섰다.

아자할과 청년은 두어 장 물길을 사이에 두고 건너편에 서서 서로를 노려보았다.

"헉! 헉!"

청년은 가쁜 숨을 몰아쉬면서도 아자할에 대한 경계를 늦추지 않고 있었다. 그 눈빛이 누군가와 너무도 닮아 있어 아자할의 마음을 무겁게 했다.

아자할은 고개를 좌우로 흔들며 두 손을 들었다. 너와는 싸울 의사가 없다는 뜻이었다. 그 손짓을 본 청년이 소리를 버럭 질렀다.

"허튼수작 부리지 마! 보아하니 중원의 사주를 받은 첩자인가 본데, 빠져나갈 생각은 하지 않는 게 좋을 거다!"

고함 소리가 어찌나 큰지 주변의 나무들이 가지를 흔들었다. 특별한 내공심법을 익혔을 리 없다. 그럼에도 불구하고 내가고수의 기운을 풍기는 것은, 아자할만의 착각인지도 모른다.

숲의 왕이며 가장 용맹한 전사의 이름을 이은 자. 청년은 한 배로부터 나왔으니 조금 더 빠르다는 이유로 모든 영광을 차지한 형이라는 자를 떠올리게 만드는 것이었다.

아자할은 내심 아니기를 바라며, 아니, 어떤 대답을 바라는지 스스로도 알지 못한 채 말을 던졌다.

"아나흘은 잘 지내고 있나?"

중원인들과 달리 감정에 충실한 숲의 주민들. 청년 또한 숲의 나라에서 자라왔을 터. 아자할의 입에서 형, 아나흘의 이름이 나오자 예상대로 청년의 얼굴이 굳어졌다.

청년은 고개를 들어 말했다.

"무슨 소리를……?"

"타사주!"

아자할이 청년의 말을 끊고 소리쳤다. 청년, 아나흘의 아들 타사주는 벼락에라도 맞은 듯 놀라 제자리에 굳어버렸다. 저

자는 누구기에 자신을 안단 말인가?

숲에서 가장 용맹한 전사에게 전해져 내려오는 아나홀이라는 이름과 그 아들들에게 붙은 타사주라는 이름은 누구나 아는 사실이다. 그러나 마을과 마을 사이가 멀어 왕래가 없다시피 한 이곳에서 얼굴만 보고 상대를 짐작하기가 어디 쉬운 일이던가?

"나는 네가 생각하는 그런 사람이 아니다. 나는 네 아비도, 네 이름도 알고 있다."

"당신… 대체 누구요?"

타사주의 어조가 다소 누그러져 있었다.

"나? 나는……."

아자할은 말을 하려다 멈추고 머뭇거렸다.

내가 너의 숙부다.

이 간단한 말이 이상하게 목에 걸려 나오질 않는 것이다. 주저하는 아자할을 타사주가 의아하게 바라봤다. 그때!

꾸에에에엑—

천지를 흔드는 굉음이 하늘 높이 울려 퍼졌다. 천지를 종잇장처럼 구겨 찢을 기세로 굉음은 수해를 휩쓸고 지나갔다. 가지들은 몸서리치며 넓은 잎으로 서로를 훑었다.

두 사람이 동시에 소리가 난 쪽으로 고개를 돌리고, 타사주가 외쳤다.

"나타났구나!"

뭐가 나타났다는 거지? 타사주를 보던 아자할의 목 뒤에 갑자기 소름이 돋았다. 끊을 수 없는 혈연(血緣)의 고리. 잊고 싶었던 그 감각이 되살아난 것이다.

아자할은 굉음이 난 반대편, 강 상류로 고개를 돌렸다. 타사주도 마찬가지로 고개를 돌렸다. 두 사람의 시선이 하나로 모아진 곳, 수풀을 헤치고 한 장년인이 모습을 드러냈다.

중원에는 수왕 안남효라는 이름으로 알려진 사내.

아나흘이었다.

"……!"

뜻하지 않은 일이다.

이 넓고 깊은 숲의 바다에서 형을 만날 거라고는 상상도 하지 못한 일이다. 아자할은 잠시 무슨 말도 하지 못하고 아나흘을 바라봤다.

아나흘은 타사주를 향해 외쳤다.

"이 녀석, 대체 언제까지 이럴 셈이냐!"

타사주도 지지 않고 외쳤다.

"아버지야말로 어디까지 쫓아오실 참입니까?"

"말로 해서는 안 되겠구나."

아나흘이 짧게 말하고 몸을 날렸다.

휘익!

말 그대로 금수의 왕! 구릿빛 근육을 꿈틀대며 뛰어오른 아나흘의 신형이 몇 장을 단숨에 넘어 타사주의 앞에 내려왔다. 타사주의 몸도 동시에 뛰었다.

콰콰콱!

아나흘의 몸이 내려선 자리에 거대한 구덩이가 파였다. 타사주가 물러선 곳에 있던 바위들이 가루가 되어 사방으로 튀었다.

"……!"

제 아들에게 펼친 수법이라기에는 터무니없는 위력이다. 아자할의 눈살이 절로 찌푸려지고 멀찍이 물러난 타사주의 얼굴색도 어두워졌다.

"아버지……!"

타사주는 놀랐는지 그 한마디만 뱉어냈을 뿐, 뒤를 잇지 못했다. 아나흘은 옆에 서 있는 아자할에게 눈길 한 번 주지 않고 말했다.

"헛된 일은 그만하고 마을로 돌아가라."

타사주를 향한 말이건만 중저음의 거부하기 힘든 파장은 아자할의 가슴속으로 파고들었다.

마을로 돌아가라.

이십여 년 전 아자할이 숲을 등지고 중원으로 떠날 때에 들었던 바로 그 말이 아닌가? 아나흘의 음성이 오래된 기억을 끄집어내자 아자할의 몸이 절로 움직였다.

 휘익—

 아나흘의 기세에 압도당해 감히 움직이지 못하는 타사주의 앞을 아자할이 가로막았다. 타사주에게로 천천히 다가오던 아나흘이 눈살을 찌푸렸다.

 "아나흘과 타사주의 일이니 함부로 끼어들지 말게."

 강산이 변해도 두 번은 변했을 시간이다. 숲 속에서 평온한 삶을 지속해 온 형과 달리, 중원 강호의 풍랑을 정면으로 맞아온 아자할의 얼굴은 많이도 달라졌으리라. 자신을 알아보지 못하는 형에게 아자할이 말했다.

 "변한 게 없군."

 얼굴은 달라졌어도 목소리는 그대로다. 아자할의 말을 들은 아나흘의 얼굴에 이채가 서렸다.

 "너는……?"

 아자할은 타사주를 돌아보며 말했다.

 "내가 막아주지. 떠나라."

 타사주는 놀란 눈으로 아자할을 보다가 영문을 모르겠다는 얼굴로 몸을 돌렸다. 타사주가 달려가자 잠시 멈춰 있던 아나흘이 소리쳤다.

"거기 서라!"

동시에 맹호처럼 튀어나가는 아나홀의 신형. 예측이라도 했는지 그 앞을 아자할이 막아섰다. 아자할의 동작이 신속해 아나홀도 어쩔 수 없이 자리에 멈춰 섰다.

"너……!"

아자할은 차분히 말했다.

"오랜만인데 얘기나 합시다."

그사이 타사주의 모습은 숲 속으로 사라져 찾을 길이 요원했다. 아나홀은 포기했다는 듯 한숨을 쉬며 말했다.

"살아는 있었군."

아나홀과 아자할은 말없이 걸었다. 눈빛 한 번 교환하는 법이 없었지만 두 사람은 같은 곳을 향하고 있었다. 온 숲을 헤집고 다니던 시절, 곳곳에 정해 둔 형제만의 장소가 있었다. 그때로부터 수십 년이 흘렀지만 다리의 기억은 자연스럽게 그중 한 곳으로 두 사람을 데려가는 것이었다.

얼마 가지 않아 두 사람 앞에 침상처럼 누워 있는 평평한 바위가 나타났다. 어른 몇 사람을 합친 것보다 더 굵은 나무가 그 위에 그늘을 드리고 있었다. 아자할이 먼저 바위 위에 걸터앉자 아나홀이 나란히 앉았다.

상대를 마주 보지 않고 나란히 앉아 이야기하는 것은 중원의 방식이다. 아나흘의 행동이 오랫동안 중원에서 생활한 동생을 배려해서인지, 아니면 같은 숲의 주민으로 인정치 않겠다는 무언의 시위인지 알 수 없었다.

"오랜만이구나."

아나흘이 먼저 말을 꺼냈다. 아자할도 고개를 끄덕이며 답했다.

"오랜만이오, 형님."

"……."

"……."

의례적인 인사를 나누자 약속이나 한 듯 침묵이 이어졌다. 풀벌레 소리만 두 사람 사이를 맴돌았다.

"아주… 돌아온 게냐?"

침묵을 먼저 깬 쪽은 아나흘이었다. 아자할이 답했다.

"아니오. 잠깐 짬을 내어 와봤소. 금방 돌아가야 하오."

"그러냐."

숲을 떠나 중원으로 간다 했을 때 아나흘은 아자할의 다리를 부러뜨리려 했었다. 젊은 아나흘은 독선적이었고, 자신에 대한 믿음으로 굳게 뭉쳐 있었다. 아자할은 그런 형을 견딜 수 없었고, 그런 형이 중심인 세계에서 버틸 수 없어 중원행을 택했었다.

아자할은 이제 와 다시 만나게 되면, 수십 년 세월이 흘렀어도 여전히 아나흘이 자신의 다리를 부러뜨려 숲으로 데리고 갈 것이다 상상하고는 했다. 그러나 시간의 흐름 속에서 변화로부터 자유로운 이가 누구이겠는가? 아자할은 자신을 동등한 상대로 인정하고 대하는 형의 모습에 다소 놀라며 말했다.

"중원에 있을 때 소식은 들었소. 한바탕 휩쓸고 가셨더군."
"너도 들었느냐?"
"새외에 나갔어도 수왕의 명성은 들은 게요."
아나흘은 고개를 저으며 말했다.
"다 허명이다."
"허명은 무슨……."
중원으로 떠나려는 아자할을 때려 죽여서라도 말리려 했을 만큼, 이십대의 아나흘은 숲의 주민은 숲을 벗어나서 살 수 없다는 완고한 원칙주의자였다. 그랬던 아나흘이 놀랍게도 삼십대 후반에 이르러 뒤늦게 중원에 나와 제 힘을 시험하고 다녔으니, 아자할도 그 소식을 듣고 놀랐던 기억이 생생하다.

"수왕이 스스로 허명이라 하면 강호에 누가 별호를 달고 다니겠소?"
"어쨌든 나는 돌아왔고 지금 숲에 있으니 그 얘기는 그만하자꾸나."

"중원에 나가보니 어떠셨소? 수왕이라면 가는 곳마다 따르는 이가 끊이질 않고, 각지의 거상들이 앞다투어 대접하였을 텐데."

"깊게 나눌 이야기가 아니구나."

아나흘이 실제로 중원에 머물렀던 시간은 삼 년 남짓. 그 짧은 시간 동안 그는 강호를 휩쓸고 끝내 십왕 중 한 사람으로 추대받기까지 했다. 그러나 아나흘은 모든 영광을 뒤로하고 숲으로 돌아왔으니 그 속을 짐작하기가 쉽지 않았다. 더구나 그 시절을 돌아보는 것도 꺼리는 눈치였으니 아자할은 화제를 바꾸었다.

"아까 그 아이는?"

"아들이다."

"나도 눈이 있소. 손이 아주 매섭더군."

"녀석이 덤벼들던가?"

"성질이 급한 건 아비와 똑같더군."

"그러냐."

자식이 자신을 닮았다는데 싫어할 부모는 많지 않다. 천하의 수왕도 자식의 이야기가 나오자 여느 부모와 다를 게 없었다. 타사주의 이야기를 꺼내자 아나흘의 얼굴이 다소 부드러워진 것이다.

"아까는 왜 그랬소?"

"뭘 말이냐?"

"자칫하면 애 하나 잡을 뻔했잖소. 예전에 내게 했던 것처럼 말이오."

"그래… 네게도 그랬었나?"

기억을 더듬는지 아나흘의 시선이 허공을 향했다.

"숲을 떠나겠다고 했더니 다리병신으로 만들려 했던 것 기억 안 나오?"

"원… 그걸 아직도 기억하고 있나?"

아나흘은 민망한 듯 쓰게 웃었다. 아자할이 말했다.

"그래서, 조카님은 왜 도망 다니는 거요?"

"헛된 꿈을 꾸려 하기 때문이지."

"…그 애도 중원으로 나가겠다 그러오?"

"그래."

아나흘은 고개를 끄덕이고, 착잡한 어조로 말을 이었다.

"숲의 주민은 숲을 떠나서는 살 수 없어. 젊을 때에는 그걸 몰라. 알 수가 없어."

"……"

"나는 나가봤기 때문에 알 수 있다. 너 역시 그랬겠지."

아나흘의 말을 이해 못할 바가 아니다. 아니, 숲에서 난 자는 숲을 벗어나지 말아야 한다는 것은 형보다 아자할이 먼저 깨달은 바이다. 실력으로 온전히 인정받지 못하고, 단지 중원인이 아니라는 이유만으로 받았던 설움이 얼마나 많았던가?

어찌 아나홀이 겪은 몇 년간의 중원 경험이 아자할과 같으랴. 아자할은 속으로 형을 비웃으며 존재조차 알지 못했던 조카를 떠올렸다.

그 또한 넓은 세계로 나가고 싶을 것이다. 중원으로 나가서 저 한인들과 실력을 겨루어보고 싶겠지. 젊음은 그 자체로 피를 끓이는 연료일 테니 말이다.

"누구 아들 아니랄까 봐 실력은 쓸 만하던데. 나가서 고생 좀 해봐야 집 소중한 걸 알지 않겠소?"

"아직 멀었지. 게다가……"

"게다가?"

아나홀은 잠시 주저하다, 마지못해 입을 열었다.

"이대로 나가서 부딪쳐 보겠다면 나도 말리지 않았을 것이다. 하지만 허튼 생각을 품고 있으니 그런 정신머리로는 나가 봤자 얻을 게 없다는 게지."

"허튼 생각이라니, 그렇게만 얘기하면 어찌 알아듣소?"

"부끄러워 더 말할 것도 못 된다. 그보다 네 얘기나 들어보자."

"내 얘기?"

"그래. 이제껏 무얼 하며 살았는지, 지금은 무얼 하는지… 어떻게 살고 있는지 말이다. 가정은? 아이는 있느냐?"

이제 와 형 노릇을 하겠다는 건가? 아자할은 피식 웃으며 대답했다.

"내 한 몸 건사하기 힘들었소. 앞으로도 그럴 것이고."

아나홀은 동생의 말에 얼굴을 찡그렸다.

"무슨 일을 한다고 여태 홀몸이냐? 내가 중원에 나가 있을 때 네 소식을 백방으로 묻고 다녔으나 한 조각 단서도 찾을 수 없었다. 너 정도 실력이라면 제법 이름이 나 있으리라 여겼건만 말이다."

"뭐… 어쩌다 보니."

아자할은 얼버무리는 것으로 대답을 대신했다. 고향에 와서까지 제마성에 관한 이야기를 하고 싶지 않았다. 더구나 아나홀, 수왕 안남효는 정파 무림맹에 지지를 표하였으니 거취를 밝히기가 부담스러울 수밖에 없다.

"……."

"……."

대화는 갈 길을 잃고 다시금 침묵의 미로에 빠졌다.

아자할은 얼른 이 상황을 벗어나고 싶었다. 아니, 형과 같은 자리에 함께하고 싶지 않았다. 수십 년이 흘렀건만 아자할과 형의 격차는 오히려 더 벌어져 있었다. 마왕을 뚜껑 삼아 굳게 가둬놨던 열등감이, 가만히 앉아만 있어도 느낄 수 있는 아나홀의 기운을 받아 당장에라도 튀어나올 것 같앉았다.

'이렇게 만날 줄 알았다면 오지도 않았을 것이다.'

더는 참을 수 없다. 아자할은 자리에서 벌떡 일어났다. 이만큼이면 됐다. 두 번 다시 숲으로 돌아오는 일은 없을 것이다.

"왜 그러……?"

자리에서 일어난 아자할을 보며 아나흘이 물었다. 그때 강가에서 들었던 소리가 다시금 아나흘의 말을 집어삼켰다.

꾸에에에엑—

숲을 뒤흔드는 굉음이 이번에는 그치지 않고 몇 번이나 계속됐다.

꾸에에에엑—

불쾌, 혐오, 고통.

온갖 부정적인 감정이 어떤 말보다 더 선명하게 실려 있었다. 아자할은 아나흘을 돌아봤다.

"이게 무슨 소리요?"

그러나 말을 듣지 못한 듯 아나흘은 화난 얼굴로 중얼거렸다.

"이 녀석이 기어코……!"

"뭐요?"

"아니다. 예 있어라. 곧 돌아오마."

아나흘은 황망히 말하고 굉음이 난 쪽으로 뛰기 시작했다. 다시금 적의 가득한 굉음이 울려 퍼졌다. 아자할은 멍하니 아나흘이 사라진 숲 속을 바라보다, 뭐에 홀린 듯 그 뒤를 쫓기 시작했다.

꾸에엑! 꾸어어어억!
굉음, 아니, 고통스러운 비명은 갈수록 높아졌다. 가까워지고 있어서가 아니라 실제로 소리가 커지고 있었다.
담력을 따져 둘째가라면 서러워할 아자할이다. 그러나 소리는 인간이 가진 원초적인 공포의 근원을 건드리는 힘을 가지고 있었다. 다가가는 아자할의 걸음은 자신도 모르게 조금씩 늦어지고 있었다.
'이익!'
아자할은 의식적으로 보폭을 크게 하여 앞으로 나아갔다. 그때 다시 한 번 고통스러운 비명 소리가 하늘 높이 솟았다.
꾸에에에엑!
단말마다.
마지막 숨에 고통을 실어 내뱉는 소리다. 눈으로 보지 않아도 본능적으로 알 수 있는 일이었다. 뒤이어 노여움으로 가득찬 호통 소리가 들려왔다.

"타사주!"

형, 아나흘의 목소리다. 바로 앞에서 들려온 것이다. 아자할은 무성한 수풀을 단숨에 뛰어넘었다.

"……!"

수풀 밖에는 폭 넓은 강이 있었다. 위치로 짐작해 보면 방금 전 타사주와 대치했던 강의 하류쯤일까? 그곳에는 예상대로 아나흘과 타사주, 그리고 '그것'이 있었다.

얼핏 보면 큰 악어로 보이는 그것은 숲의 주민이라면 누구나 알고 있는 존재다. 아자할 역시 한 번인가 본 적이 있다. 숲의 주민들이 신이라 떠받들던 교룡이다.

당시에는 그것이 당연하다 생각했다. 숲과 숲의 주민을 지켜주는 신이라는 존재에 대해 의문을 품어본 적이 없었고, 그에게 인간을 공물로 바치는 행위에 대해 의문을 품어본 적이 없었다. 그것은 몇백 년에 걸친 공포가 숲의 주민들에게 새겨 넣은 삶의 방식이었다.

숲에 있을 때에는 아자할 역시 그러한 삶의 방식을 자연스럽게 받아들였었다. 숲을 벗어나 중원에서 다른 방식의 삶을 알고, 숲이 아닌 다른 세계를 알았을 때에야 아자할은 비로소 숲에서의 삶이 당연한 것이 아니었음을 깨달았다. 물론 숲 밖에서도 인간의 삶은 항상 모순투성이로 부조리의 연속이었다. 하나 그것이 모순이며 부조리라는 것을 알고 받아들이는 것과 모르고 받아들이는 것은 분명한 차이가 있었다.
 그 차이를 깨달은 것만으로도 아자할은 숲을 나올 만한 가치가 충분히 있었다고 믿었다.
 그래서일까? 지금 아자할의 눈에 비친 교룡은 기억속의 그것과 전혀 달랐다. 모습은 같지만 크기가 다른 것이다. 어린 아자할의 기억 속에 있던 집채만 한 교룡이 아니었다.
 어쨌든 의문은 잠시 접어두어야 했다. 당장은 교룡보다 아나흘이 더 큰 문제라는 것을, 아자할은 본능적으로 알아차렸다. 아나흘은 지금 진심으로 화를 내고 있었다.
 "네가 결국 일을 저질렀구나!"
 아나흘의 호통 소리가 숲을 흔들었다. 교룡의 단말마보다 훨씬 큰, 도저히 사람의 몸에서 나올 소리가 아니었다.
 그 소리에 타사주는 얼굴이 하얗게 질렸다. 화가 나 소리지르는 아나흘의 앞에서 태연할 수 있는 자가 얼마나 될까? 아자할은 머릿속으로 몇 사람의 이름을 꼽아보았다. 그중에는 황종류도 있었고, 남궁익과 당사윤, 절창도 있었다. 자신이 만나본 자들 중에서는 이 정도일까? 굳이 추가하자면 십왕의 다른 이들 정도가 될 것이다.
 그런데, 타사주는 얼굴이 질리긴 했어도 몸마저 굳지는 않았는지 한 걸음 물러나며 말했다.

"일을 저지르다니요? 이놈을 죽이는 게 뭐 그리 대수란 말입니까?"

범의 새끼는 범일 수밖에 없다. 아자할 자신도 성난 아나흘 앞에서는 그저 도망치기에 바쁘지 않았던가? 그에 비해 타사주는 당당히 제 할 말을 하고 있었다.

"뭐라고?"

되묻는 아나흘의 얼굴에 성이 올랐다. 그 모습을 보자 비로소 아자할은 형이 형답게 보이기 시작했다. 제 뜻대로 되지 않았을 때 불같이 화를 내는 것이 바로 아나흘이라는 자다.

"이놈을 죽이는 게 뭐 그리 대수냔 말입니다. 어차피 놔둬봤자 제 부모들처럼 신 행세를 하며 사람들에게 공물을 요구할 게 아닙니까? 저놈들이 없어진 이후로 뭐 잘못된 게 있습니까?"

"사람들이 불안해하는 것을 모르겠다는 게냐?"

"놈들을 떠받들며 살아온 늙은이들이나 그렇죠. 젊은이들은 신이 없는 세상에서 잘살고 있는 걸 모르십니까?"

"…숲에는 신이 필요하다. 우리는 그렇게 살아왔고, 앞으로도 그렇게 살아가야 해!"

"흥!"

대화를 해가면서 안정을 찾았는지 타사주는 아나흘을 비

웃기까지 했다. 아나흘은 얼굴을 잔뜩 구겨가며 타사주의 발치에 누운 교룡을 바라봤다.

끄우우우—

아직 숨이 붙어 있는지 교룡이 신음 소리를 냈다. 여지없이 죽은 줄로만 알았는데 생명력 하나만큼은 인간이 가늠할 수 없는 영역에 도달해 있는 것 같았다.

아나흘은 가슴을 쓸어내리며 말했다.

"그만하면 됐다! 놔두고 물러가라!"

타사주는 고개를 저었다.

"싫습니다."

"뭐?"

타사주가 평소 속을 썩이기는 해도 자신의 명은 꼬박꼬박 듣는 아들이다. 간신히 숨을 놓지 못하고 있는 교룡의 새끼가 아무리 밉다고는 하나 아나흘의 명이라면 당연히 풀어주고 물러날 것이다. 아나흘은 물론 아자할까지 그렇게 생각하고 있었다.

그러나 타사주는 두 사람의 기대와 달리 고개를 저었다.

"싫다고 했습니다. 저는 이놈을 지금 이 자리에서 죽일 겁니다. 아버님께서 뭐라 하셔도 저를 막을 순 없습니다!"

타사주는 그리 말하고 몸을 돌렸다. 바닥에는 교룡이 배를 드러낸 자세로 누워 있었는데, 네 다리를 비롯해 배 이곳저곳에 까만 멍이 선명했다. 몸을 감싼 각질이 아직 제 어미처럼 완전히 경화되지 않은 탓인지, 혹은 타사주의 주먹이 생각보다 강한 탓인지 알 수 없었다.

숨이 아직 붙어 있었는지 교룡의 배는 들어갔다 나오기를 힘겹게 반복하고 있었다. 아나흘은 손을 뻗으며 말했다.

"네가 함부로 손댈 수 있는 존재가 아니야!"

"이놈이 자라서 다시 사람을 먹겠다면 어쩌실 겁니까? 아니, 아버님께서는 혹시 그걸 바라는 것입니까?"

숨을 헐떡이는 교룡을 발치에 둔 타사주의 표정에 여유가 돌아왔다. 아나흘은 타사주를 노려보다 말했다.

"네가 정녕 앞일을 걱정해서 죽이겠다는 거냐?"

"무슨 말씀이십니까?"

"그렇다면 내 아무 말도 하지 않겠다. 하나 그렇지 않다면 나도 관여할 수밖에 없음이야."

"그렇지 않을 건 또 무엇입니까?"

타사주가 빈정거리듯 물었다. 아나흘은 차가운 얼굴로 내질렀다.

"네가 내 명을 기어코 거역하고 교룡을 잡아 죽이려 하는 이유가 정녕 숲의 안위를 걱정해서냔 말이다."

"……"

"아니다. 네가 모두를 속여도 나를 속일 수는 없다. 네놈이 원하는 것은 그게 아니라 교룡의 내단이지 않느냐!"

아나흘이 일갈하자 타사주의 안색이 어두워졌다.

아나흘의 말대로 타사주가 오랫동안 교룡을 쫓아 사냥해 온 것은 그가 내세우는 이유, 구습의 철폐와 숲의 주민들을 위해서가 아니었다. 타사주가 원했던 것은 새끼 교룡의 몸속에 있을 내단이었다.

타사주는 어렸을 때부터 특별한 존재였다.

꿈틀거리는 근육이, 터질 것 같은 힘이 타사주를 단순히 차기 아나흘 후보 중 하나가 아니라 독보적인 존재로 만들었다. 동년배의 누구도, 아니, 손위의 노련한 전사 중에서도 타사주의 적수가 될 만한 이는 없었다. 아나흘의 외모뿐 아니라 타고난 힘까지 고스란히 이어받았다는 말은 결코 입에 발린 소리가 아니었다.

그래서였을까? 타사주는 자연스럽게 중원을 꿈꿔왔다.

몸 안에 끓는 전사의 피가 그랬을지도 모르고, 십왕의 한 사람으로 추앙받는 아버지에 대한 동경에서였을지도 모른다. 이유가 무엇이든 타사주는 자신 또한 언젠가 중원으로 나가 명성을 떨칠 날이 올 것이라 믿어 의심치 않았다. 자신은 아버지와 마찬가지로 특별한 존재이고, 아나흘이라는 이름은 당연히 자신의 것이라는 믿음이 바위처럼 확고했다.

불과 일 년 전까지만 해도 말이다.

일 년 전, 이곳 상하의 땅에 찾아온 자들이 있었다. 숲의 주민들과는 아무런 관계가 없는 중원인들. 아나흘이 초청했다고는 하나 그네들이 숲에 별다른 영향을 끼칠 것이라고는 한 번도 생각해 본 적이 없는 타사주였다.

그들 중 자신보다 어려 보이던, 타사주의 눈으로는 아직 사내라고 할 수도 없는 자를 아나흘은 각별히 대했다. 닭 모가지 하나 비틀 힘도 없어 보이던 중원인을 어째서 그리 대하는지 타사주는 제 아비를 이해할 수 없었다. 그리고 그 이해할 수 없었던 중원인은 타사주를 충격에 빠뜨렸다.

숲의 신을 너무나 쉽게 처리하던 그 무위.

자신이 언젠가는 저렇게 되겠거니 막연히 시간을 기다리던 아나흘의 경지에 이미 다가가 있던 중원인을 본 순간, 커다란 충격에 빠질 수밖에 없었다. 중원에서 거드름이나 피우는 것들에게 숲의 힘을 보여주겠노라 다짐하던 자신이야말로 숲이라는 작은 우물 안에 갇혀 있었던 것이다.

중원인은 그 후로도 끊임없이 타사주를 괴롭혔다. 때로는 한밤의 꿈속에서, 때로는 한낮의 상념에서. 중원인은 때와 장소를 가리지 않고 나타나 타사주를 욕하고 조롱했다.

뾰족한 수가 있는 것도 아니었다. 그는 정말이지, 타사주가 자신과 같은 사람이 맞는지 의심할 정도였으니까. 숲의 아들인 타사주가 가진 야성의 본능도 경고했던 바다.

"그는 너와 다른 이다. 그런 이를 기준으로 생각하여서는 아니 된다."

그러나 타사주는 끝까지 포기하지 않았다. 아니, 포기할 수 없었다. 적어도 중원인의 일행 중 한 명, 종리상웅이라는 자가 교룡의 내단을 먹고 어떻게 변하였는가를 그의 두 눈으로 똑똑히 본 이상 말이다.
타사주는 아나흘의 눈을 똑바로 바라보며 응수했다.
"예, 맞습니다. 이놈을 잡아 내단을 취하려 합니다. 그게 잘못입니까?"
아나흘이 말했다.
"내단을 취하려 하는 게 잘못이라고 하는 게 아니다. 네가 왜 내단을 취하려 하는지, 그 이유가 문제라는 걸 모르겠느냐?"
아나흘의 입에서 이어질 말을 타사주는 이미 알고 있었다. 아나흘은 언제나 원론적이고 옳은 이야기만을 한다. 그 자신은 항상 틀리는 법이 없이 바른 길 위에서 바른 방향을 제시하기만 하는 것이다. 물론 그것은 잘못이 아니다. 오히려 남들이 쉽게 할 수 없는 일이니 대단하다며 칭찬해도 모자랄 것이다.

하지만… 내 입장과 바람을 깡그리 무시당한 채 강요받은 옳음을 어찌 기분 좋게 받아들일 수 있단 말인가? 인간의 욕망을 배제한 도덕은 도리어 폭력의 다른 이름이니, 이것이 바로 아자할이 질색했던 아나흘의 방식이었다.

질색인 것은 타사주도 마찬가지였다. 타사주는 두 눈을 부릅뜨고 말했다.

"문제든 뭐든 상관없습니다! 저는 중원으로 나가 모용천, 그자와 겨룰 것입니다! 그자를 꺾는 것이 제가 해야 할 일이란 말입니다!"

"그래서 겨우 생각한 것이 아직 채 자라지도 않은 새끼의 내단을 갈취하는 거란 말이냐? 그렇지 않으면 덤비지도 못할 만큼 못난 놈이 타사주였단 말이냐!"

아나흘의 말이 뼛속까지 파고들었다. 타사주는 아나흘의 말에 반론을 펼치지 못하고 괴로운 표정을 지었다.

제삼자의 입장에서 그 모습을 보던 아자할도 따라서 괴로운 표정을 지었다. 부자간의 다툼이니 관여할 수 없다는 전제하에 지켜보던 아자할이다. 그러나 어느 순간부터 아자할은 타사주에게 자신을 대입해 보게 되었다.

형 아나흘의 폭력적인 도덕에의 강요.

숨 막히게 하는 아나흘을 견디지 못하고 도망친 것이 바로 아자할 자신이 아니던가?

아자할이 아나흘에게서 도망쳐 나오던 그날. 이십 년 전 그날, 아자할의 역할을 지금 타사주가 대신해 재현하고 있었다. 당연히 아자할은 타사주가 마치 자신인 것처럼 느껴지는 것이다.

아자할은 자신도 모르게 한 발 나서서 외쳤다.

"네 아비의 말은 듣지 마라!"

아나흘과 타사주가 동시에 아자할 쪽으로 고개를 돌렸다. 아자할은 굳은 얼굴로 타사주에게 말했다.

"네 아비의 말을 들어봤자 너만 괴로울 뿐이다. 그럴 필요 없다. 네가 하고 싶은 일을 하면 그만이야!"

"무슨 소리를 하는 게야!"

아나흘의 외침이 떨리고 있었다.

오랜만에 만나 과거를 잠시 묻어둔 형제다. 그래 주었는데도 아자할이 이리 나서니 화가 날 수밖에. 그러나 아자할은 아나흘을 무시하고 타사주에게 말했다.

"네 아비는 항상 옳은 말만 하고 옳은 행동만 했다. 하지만 그게 꼭 옳은 결과로 이어지는 건 아니었다. 나의 조카여, 네 인생은 네 것이다! 네가 원하는 것을 찾고 그대로 행하면 되는 거야. 이 숙부가 지켜줄 터이니!"

"네놈이 감히!"

온 숲을 진동시킬 소리를 지르며 아나흘이 아자할을 덮쳤다.

휙!

간신히 젖힌 고개, 아자할의 볼에 아나흘의 손가락 자국이 선명했다.

"하앗!"

아자할 역시 지지 않고 응수했다. 중원을 떠돌며 얻은 깨달음이 담긴 아자할의 독문 조법, 은광일섬조(銀光一點爪)였다.

파파곽! 파곽!

아자할의 손가락은 그가 펼치는 조법의 이름처럼 은빛 광채가 한데 모아져 아나흘을 압박했다. 현란한 초식을 따라 변화무쌍하게 움직이는 아나흘의 손가락이 실로 위협적이었다.

반면 아나흘은 조법도 무엇도 없이 그저 쇠같이 단단한 손가락 열 개가 전부였다. 그러나 그 외에 무엇이 더 필요할까? 아나흘은 두 눈을 치켜뜨며 아자할의 공세를 하나하나 무력화시켰다.

파곽!

순식간에 수십여 초의 공방이 오가고 두 사람은 서로에게서 세 걸음씩 떨어졌다. 아자할은 적으로부터 새끼를 지키듯 타사주를 등 뒤에 두고 아나흘을 바라봤다.

아나흘은 아자할과 타사주를 한눈에 담으며 말했다.
"이러려고 돌아온 거냐?"
아자할은 대꾸하지 않고, 고개를 돌려 눈으로 재촉했다. 왜 그가 나서서 자신을 지키는지 알 수 없었던 타사주는, 놀라 어쩔 줄 몰라 하고 있었다.

아자할은 고개를 돌려 아나흘을 보며, 입으로 타사주를 독려했다.
"어서 할 일을 해! 넋 놓고 있지 말고!"
"당신은 대체……?"
"아까 말하지 않았던가? 네 숙부라고!"
"……!"
"모용천과 겨루어 이기고 싶다 했지? 그렇다면 내단이든 뭐든 일단 먹어라! 그럼 내가 그에게 데려다 주마!"

아자할의 입에서 모용천의 이름이 나오자 타사주의 얼굴에 이채가 서렸다.
"놈의 소재를 알고 있소?"
"물론!"
아자할은 자신있게 말했다. 타사주는 믿지 못하겠다는 듯 재차 물었다.
"정말이오? 놈에게 나를 데려다 줄 수 있단 말이오?"
"사내놈이 의심은!"

"…좋아, 믿어보겠소."

타사주는 손가락을 높이 들었다가 내리꽂았다.

꾸에에에에엑!

두 번의 착오는 없다. 이번에야말로 말 그대로의 단말마. 살아 있는 동안의 마지막 울음소리였다.

아자할은 아나흘에게서 눈을 떼지 않으며 물었다.

"찾았나?"

배를 뚫고 넣은 손을 휘젓던 타사주는 이내 움직임을 멈추고 손을 빼냈다. 온통 붉은 손가락 사이, 교룡의 내단이 밝게 빛나고 있었다.

"찾았소!"

타사주는 기쁨에 겨워 외쳤다. 아자할 역시 생전 처음 본 조카의 기쁨을 공유할 수 있음을 신기하게 여기며 미소 지었다.

그러나 기쁨도 잠시다. 당장 눈앞의 아나흘을 처리하지 않으면 안 된다. 아자할과 타사주는 함께 기뻐하다, 다시 또 함께 심각한 표정을 지으며 아나흘을 바라봤다.

"……."

그러나 우려하던 일 대신 아나흘은 두 손을 내렸다.

예상치 못한 일이었다. 방금까지만 해도 고조되었던 아나흘의 살기가 씻은 듯이 사라진 것이다. 아자할도 타사주도,

뜻밖의 상황에 놀라 아무 말도 나오지 않았다.

"결국 저질렀느냐?"

말없는 가운데 아나흘의 목소리가 들렸다.

"…예."

타사주는 내단을 꼭 쥔 채로 고개를 숙였다. 아나흘은 그런 타사주와 아자할을 한눈에 담고 지켜보다 뒤돌아섰다.

"마음대로 하거라."

무엇이 잘못된 걸까? 아자할이나 타사주나, 모두 아나흘이 가장 아끼는 두 사람이다. 아나흘은 동생와 아들이 잘되기를 누구보다 간절히 원했고, 그들이 잘되도록 관심을 기울이며 전폭적인 지지를 해주마 다짐했었다.

그러나 생각과 달리 그들은 관심을 간섭으로 여기고 불편해했다. 잘해주려고 노력하면 할수록 그들은 멀어져 갔던 것이다. 이십 년 전, 아자할이 그러더니 이제는 타사주다. 무엇이 그리 싫었기에 떠나겠노라 난리를 피우는 것인가? 대체 왜? 가장 사랑하는 너희 두 사람이, 어찌 이럴 수 있단 말인가?

그리도 원망스러운 아자할과 타사주는 겨우 몇 시진 전 처음 만났을 뿐이다. 그러나 자신을 적으로 두고 한데 뭉치는 모습은 오랜 시간을 함께 지낸 듯 자연스럽기만 했다. 아나흘은 그 모습을 보고 나서야 비로소 자신이 원하던 게 무엇이었는가를 깨달았다.
 하나 이제 와 시간을 돌이킬 순 없다.
 "……"
 전의를 상실한 아나흘은 언제 볼지 기약없는 혈육들에게 눈길 한 번 주지 않고 숲 속으로 사라졌다.

겨우내 강호를 달구었던 최고의 화제는 단연 도왕 팽요색의 패배였다. 절창 기소위의 창 아래 무릎을 꿇었다는 사실을, 사람들은 마치 자신이 직접 본 것처럼 이야기하고 또 전달하기를 반복했다.

 팽요색의 패배가 가져다준 충격은 겨울이 지나고 또 봄이 와서야 겨우 진정될 기미를 보였다. 팽요색이 세가의 문을 걸어 잠그고 수련에 돌입했다는 소문이 돈 것이다. 무인에게 패배란 부끄러운 일이 아니다. 도왕은 곧 본연의 모습으로 돌아올 것이라는 기대감이 사람들에게 안도감을 주는 듯했다.

그러나 겨우 진정될 것 같던 분위기는 봄날에 살얼음 깨지듯 쉽게 깨어지고 말았다. 겨우 계절이 한 번 바뀌었을 뿐인데 또 다른 십왕의 패배 소식이 들려온 것이다.

사왕 좌오린의 죽음. 그리고 백사궁의 몰락.

사실 사왕과 백사궁의 운명은 많은 이들이 예상했던 일이다. 그러나 사왕의 죽음은 커다란 파장을 일으켰는데, 그를 죽음으로 몬 자가 다름 아닌 모용천이란 이유에서였다.

모용천.

최근 인구(人口)에 가장 많이 회자되는 이름. 오대세가 중 하나인 종리세가를 홀로 멸문시킨 바로 그 모용천.

해가 바뀌어 그의 나이 이제 스물둘. 강호에 출도한 지 이 년도 안 되는 짧은 시간 동안 모용천은 관음지, 항불, 혈랑도객, 종리창 등 수많은 고수들을 물리쳤다. 그러니 세간의 평가 또한 오를 대로 올라, 혹자는 절창과 같은 선상에 놓아야 한다고 주장할 정도였다.

하나 그렇다 할지라도 모용천에게 사왕이 패배했다는 사실은, 단순한 패배를 넘어 오랫동안 강호를 지배해 온 십왕이라는 체제를 뿌리째 흔드는 일이었던 것이다.

애초에 한 사람의 절대자가 아니라 십왕이라는 집단으로 최강의 자리를 대치한 것은 우열을 가릴 수 없었던, 혹은 가리지 않았던 탓이다. 그러다 보니 사람들은 각자가 원하거나 믿는 자가 최강이 되지 못한다면 직접 그를 꺾지 않는 이상 다른 누구도 절대자의 자리에 오를 수 없다고 여긴 것이다.

실제로 지금은 최절정의 고수들이 동시기에 출현한 유례없는 시대임이 확실하다. 십왕이라고 불리는 이들이 모두 상상할 수 없는 고수인 것도 사실이다. 그러나 어떤 이유에서든 그들이 서로를 견제만 할 뿐 겨루어 우위를 가리고자 하지 않는 한, 어느 누구도 한 사람의 절대자로 인정받을 날이 오지는 않을 것이었다.

이런 형국이 지속되면 될수록 사람들의 관념도 고착될 수밖에 없다. 사람들은 누구나 십왕을 이야기했고, 그중 강호의 지배자가 나올 것을 기대했다. 그런 자들은 언젠가 십왕이라는 질서가 무너지더라도 다음 세대의 지배자, 또한 그들에게 신앙과도 같은 십왕의 틀 안에서―혹은 그 연장선상에서―이루어져야 한다고 믿고 있었던 것이다.

모용천에 의한 사왕의 죽음은 바로 그런 사람들의 믿음을 정면으로 부정하는 사건이었다.

이제 아무도 모용천에게서 두 세대 전 몰락한 모용세가 출신을 운운하지 않는다. 모용천은 숱한 후기지수 중에서도 가장 윗자리에 올랐으며, 이미 그 수준을 넘어 앞서 말한 대로 절창과 동급으로 보는 이들도 적지 않다. 지금 두각을 나타내는 젊은이들 중 천하제일인의 자질을 꼽으라면 누구나 모용천을 선택할 것이다.

하나 모용천이 바로 지금, 자신들을 지배해 온 십왕의 체제를 무너뜨리고 스스로 천하제일인이 된다는 것을 누가 순순히 받아들일 수 있겠는가? 오랫동안 그들이 믿어온 가치와 체계가, 그 질서 밖에 있던 자에 의해 무너지는 것을 누가 온전한 정신으로 볼 수 있겠느냔 말이다. 그러니 사람들은 도왕이 절창에게 패배하였을 때 그러했듯이 충격에서 쉬이 헤어나지 못하고 있었다.

사람은 현실이 자신의 바람과 다른 방향으로 틀어질 때, 그리고 그 계기가 자신이 미처 인식하지 못한 곳에서 왔을 때 이성의 끈을 쉽게 놓아버리는 경향이 있다(절창이 적어도 십왕과 대벽할 수 있는 인식의 영역 안에 있었다면, 모용천은 아예 그 밖에 있던 존재였다). 십왕의 시대에 길들여진 사람들에게 이제 모용천이라는 이름은 공분(公憤)의 상징이 되어가고 있었다.

"어려운 이야기는 딱 질색입니다."
따악!
개방의 방주, 이소는 술잔을 세게 내려놓으며 말했다.
"어려운 이야기라고 할 것까지 있나."

이소와 마주 앉은 장년인도 술잔을 내려놨다. 이소는 못마땅한 눈으로 장년인의 빈 잔을 채우며 말했다.

"천하의 광명통(光明通)께 어려운 이야기가 있기나 합니까?"

"거, 사람 참."

이름보다 광명통이라는 별호로 더 유명한 장년인, 제갈세가의 가주 제갈창운은 씁쓸한 웃음을 지으며 술잔을 다시 들었다. 그렇지 않아도 허름한 객잔은 텅 비어 손님이라고는 제갈창운과 이소, 두 사람뿐이었다.

"천천히 드시지요."

이소가 다시 잔을 채우며 말했다. 그러나 제갈창운은 고개를 저으며 잔을 비웠다.

광명통이라는 별호가 말해주듯 제갈창운은 당대에 손꼽히는 지략가다. 제갈세가의 가주이기도 했지만 그보다는 천리안 진첩결과 함께 무림을 양분하는 대표적인 재사였다.

하나 지금 제갈창운의 눈빛은 광명통이라는 별호가 무색하도록 어두웠고, 무언가 빠뜨린 사람처럼 불안해 보였다. 제갈창운은 빈 잔을 만지작거리며 말했다.

"사람들은 안정을 선호하고 변화를 두려워한다네. 이건 누구나 마찬가지야. 자네도 그렇고, 나도 그렇고. 특히나 지켜야 할 것이 있는 사람들은 더욱."

"그 친구가 변화를 상징한다는 말씀이십니까?"
"적어도 우리와는 다르지 않겠나?"
제갈창운은 시선을 객잔 밖으로 돌리며 말했다.
"생각해 보면 참 미련한 녀석이지. 계속 무림맹에 있었다면 맹주의 후광을 업고 자연스럽게 정도 무림의 동량으로 인정받을 수 있었을 텐데 말이지."
그 친구나 미련한 녀석이나 모두 모용천을 가리키는 말이다. 이소는 제 잔에 술을 따르며 말했다.
"그보다는 마왕의 밑으로 들어갔다는 게 문제 아닙니까? 저는 애초에 정파 무림맹을 위해 일하던 자가 변심했으니 공분을 사게 된 것이라고 생각했는데요."
"자네 말대로라면 사파의 인물들까지 나서서 싫어할 이유가 없지."
"그도 그렇군요."
잔으로 마시다 보니 감질 맛이 나는지 제갈창운은 술을 병째로 들이켰다.
"크으! 어쨌든 맹주의 그늘을 벗어난 것이 패착이었다고 봐야 할 걸세. 아니 그런가?"
제갈창운은 반쯤 남은 술병을 단숨에 마셨다. 흥건히 젖은 수염을 소매로 닦는 그에게 이소가 물었다.
"그 말씀을 하려고 찾아오셨습니까?"

"내가 이 방주를 찾을 이유가 그 외에 또 있겠나? 맹주의 명일세. 책임을 묻지 않을 테니 다시 돌아오라고. 방주에 걸맞은 직위와 권한을 준비해 두었다더군."

제갈창운은 차갑게 말하고 다시 술잔을 비웠다.

근 일 년 새 정도 무림에는 좋지 않은 소식이 잇달았다. 특히 사천당문을 제외한 오대세가는 물심양면으로 큰 화를 입었는데, 그중에서도 제갈세가가 입은 피해는 멸문지화를 당한 종리세가에 버금가는 것이었다. 바로 마왕 황종류에게 세가의 전력을 잃어버렸던 것이다.

한 사람의 수행원만을 대동하여 강호에 나타난 황종류는 밝디밝은 불과 같았다. 그 불은 광명통이라고 불리는 재사의 눈마저 멀게 할 정도로 밝았고, 제갈세가는 그 불에 뛰어들어 사라진 부나비 같은 자들의 명단에 제 이름을 올렸다.

제갈창운은 겨우 목숨을 부지하였으나 차라리 죽느니만 못한 치욕을 감수해야 했다. 애초에 오대세가로서의 자존심을 버리고 정파 무림맹에 합류했던 터. 제갈창운이 손을 벌릴 수 있었던 곳은 어쩔 수 없이 정파 무림맹 한 곳뿐이었다.

물론 돌아오겠다니 받아들이기야 했지만 정파 무림맹의 태도가 달라진 것은 당연한 일이었다. 맹주인 우진은 제갈창운에게 분명 마왕을 건드리지 말라고 몇 번이나 경고하고 또 만류했었으니 말이다.

우진은 세가의 힘을 잃은 제갈창운을 더 이상 예전과 같이 대접하지 않았다. 비록 그의 지모가 아쉽기는 하나 통제할 수 없는 힘은 없느니만 못한 법. 결국 제갈창운에게 주어진 일은 고작 전령이거나 사람을 설득하는 것 정도에 불과한 것이다.
 "그래서 지금 저더러 모용천의 전철을 밟기 전에 맹으로 복귀하라고 경고하시는 겁니까?"
 이소가 눈을 부릅뜨며 물었다. 제갈창운이 모용천의 이야기를 구구절절 푼 까닭이 자신을 설득하기 위함을 깨달았기 때문이다.
 얼마 전, 이소는 개방이 더 이상 정파 무림맹 소속이 아님을 발표했다. 물론 무림맹을 탈퇴한다 하여 등을 돌리겠다는 뜻은 아니다. 이소는 정파 무림맹 측에서 원한다면 얼마든지 개방이 가진 정보를 나누어줄 것이며, 탈퇴가 결코 제마성을 의식한 행위가 아니라고 주장했다. 탈퇴라는 행위는 어디까지나 개방이 정파 무림맹과 대등한 협력 관계를 유지하기 위한 수단임을 강조한 것이다.
 제갈창운이 이소를 찾아온 까닭은 개방을 다시 정파 무림맹의 일원으로 복귀시키기 위함이었던 것이다.
 제갈창운은 굳이 숨길 생각이 없는 듯, 고개를 끄덕이며 술을 마셨다.
 "나야 이런 신세가 됐지만 개방은 건재하지 않은가? 돌아가도 무탈할 걸세. 게다가 제마성이 사파 무림을 일통한 지금, 개방이 무림맹에서 이탈한 것을 두고 이런저런 말들이 많은 것도 알고 있지 않은가?"

물론이다. 이소는 고개를 끄덕였다.

"알고 있습니다."

"알고 있다면 돌아오게. 어차피 앞으로 무림은 정사 양대 세력으로 재편될 걸세. 아니, 재편되어야 하네. 저들이 마왕의 이름으로 하나가 된 이상 우리 역시 그에 준하는 힘으로 대항해야 할 게 아닌가?"

이소는 제갈창운의 말에 딱히 반론을 제시할 수 없었다. 그의 말대로 제마성에 대항하기 위해서는 대등한 규모의 단체가 필요하다. 오대세가가 각자의 사정에 의해 그 발톱이 무뎌진 지금, 그 역할을 수행할 수 있는 것은 권왕과 무림맹뿐이다.

그러나 이소는 고개를 저었다.

"그럴 거면 애초에 나오지 않았을 것입니다."

"……"

"지금까지와 같은 일이라면 굳이 맹이라는 이름으로 묶이지 않아도 충분히 수행할 수 있습니다. 아니, 오히려 더 능동적이고 효율적이게 될 겁니다. 맹에 속해 있다면 아무래도 제마성과의 전투를 피할 수 없게 되겠지요."

이소의 말이나 표정이 특별히 강경하지는 않았다. 그러나 여유로운 모습에서 제갈창운은 오히려 이소의 결정이 결코 충동적으로 이루어진 것이 아님을 알 수 있었다. 고심 끝에 내린 결론이니만큼 확신을 가지고 있었다.

"좋구만."

무엇이? 이소가 눈으로 묻자 제갈창운은 술잔을 다시 비우는 것으로 대답을 대신했다.

이소가 정파 무림맹을 이탈한 것이나 제갈창운이 마왕을 잡으려 했던 것이나, 무모하기로는 누가 더하고 덜하다 따질 수 없었다. 그러나 마왕이라는 거대한 미끼에 눈이 멀어 수하들을 사지로 내몬 가주와 비난과 협박을 무시하고 구성원의 안위를 위해 사지에서 한 발 물러난 방주. 둘 중 누구에게 수장의 자격이 있는가는 명확한 일이다.

이런 마당에 누가 누구를 설득한단 말인가? 제갈창운은 쓰게 웃으며 다시 술잔을 들었다. 이소는 제갈창운의 빈 잔을 채우며 모용천을 생각했다.

만류를 뿌리치고 제마성으로 간 모용천이다. 죽지나 않으면 다행이라고 생각했거늘, 느닷없이 사왕을 죽였다니 과연 모용천답다고 해야 할까 싶은 것이다. 애초에 제마성에 있다는 친구를 구한다고 절창을 따라간 것이긴 한데, 그 목적은 달성했는지가 궁금했다.

어쩌면 그 일을 빌미로 마왕에게 이것저것 귀찮은 일을 당하는지도 모른다. 사왕을 죽이고 백사궁을 빼앗은 것도 어쩔 수 없이 한 게 아닐까? 무림맹에 있을 때 우진에게 조종당했던 것을 생각해 보면 충분히 있을 수 있는 일이다.

'살아나 있으면 다행인데……'

어쨌든 지금 이소의 당면 과제는 개방의 존속이었다. 모용천의 안위는 어디까지나 그다음 일이다. 이소는 고개를 절레절레 흔들며 술잔을 비웠다.

　　　　　＊　　　＊　　　＊

언제나 길은 보이지 않았다.

눈앞은 항상 깊은 어둠이었다. 누군가 손을 잡아끌어 주기 전에는 걸을 수조차 없었다. 이제 손을 뿌리치고 홀로 걷겠다 결심한 이후에도, 여전히 길은 보이지 않는다.

길을 가린 어둠 저편에 흰 빛이 일렁였다.

빛은 여인의 형상을 하고 있었다. 단지 윤곽으로 성별을 구분하였을 뿐인데 입에서는 절로 이름이 튀어나왔다.

미인…….

남궁미인은 돌아보며 희미한 미소를 지었다.

미인!

모용천은 남궁미인의 이름을 부르며 달려갔다. 그러나 아무리 뛰어도 두 사람의 거리는 좁혀지지 않고 오히려 멀어져만 갔다.

……

입술마저 희어진 남궁미인이 무어라 말하는 것 같았다. 모용천은 손을 뻗었지만 여전히 두 사람의 거리는 멀기만 했다. 모용천은 진기를 끌어올리며 발을 굴렀다.

그 순간 딛고 있던 바닥이 꺼지며 모용천의 몸은 어둠 속 깊은 곳으로 떨어졌다. 낙하하는 모용천의 눈에 남궁미인의 얼굴이 점점 커져 갔다. 커져 가는 남궁미인의 얼굴은 어딘지 모르게 서해영을 닮아 있었다.

누워 있던 모용천이 자리에서 벌떡 일어났다. 침상 옆에 앉아 명상에 잠겨 있던 황지엽은 놀라며 눈을 떴다.

"괜찮소?"

황지엽이 다가가 물었지만 모용천은 대답없이 허공에 연신 팔을 휘젓고 있었다. 모용천의 눈은 초점을 잃고 흐릿하기만 했다. 황지엽은 허우적대는 모용천의 팔을 붙잡고 확 끌어당겼다.

"모용 형! 괜찮소?"

황지엽은 크게 모용천을 불렀다. 그제야 두 팔에 힘을 뺀 모용천은 황지엽을 향해 중얼거렸다.

"이제야… 이름을 불러주는군요……?"

"그게 무슨 소리요?"

무슨 소린지 몰라 황지엽이 되물었다. 모용천은 그 후로도 알아듣지 못할 말을 중얼거리다 퍼뜩 정신을 차렸다. 모용천은 숨이 닿을 듯 가까이 있는 황지엽을 보고 놀라 몸을 뒤로 뺐다. 그러나 마음과 달리 몸이 말을 듣지 않았다. 모용천의 두 다리가 허물어지듯 쓰러졌다.

"조, 조심하시오!"

황지엽은 모용천을 붙들어 침상에 앉혔다. 침상에 앉은 모용천은 멍한 얼굴로 황지엽을 바라보다 말했다.

"내가… 방금 뭐라고 했소?"

"무슨 말이오?"

모용천은 자신을 잡고 있는 황지엽의 팔을 역으로 잡으며 재차 물었다.

"내가 방금 뭐라 말했지 않소. 뭐라고 했소?"

"뭐요?"

황지엽은 미간을 찌푸리며 되물었다. 모용천을 진정시키느라 경황이 없는 통에 무슨 얘기를 했는지 어찌 기억한단 말인가?

"말하시오! 어서!"

모용천은 황지엽을 붙잡고 흔들며 소리쳤다. 황지엽은 놀랍기도 하고 기가 막히기도 하여 헛웃음을 지었다.
"허 참!"
그러나 모용천의 눈을 들여다본 황지엽은 웃음을 거두었다. 초점이 돌아온 모용천의 눈은 한없이 간절하여 도저히 웃어넘길 수 없었던 것이다. 황지엽은 더듬거리며 모용천의 말을 되살렸다.
"이제… 이름을? 불러주는군요?"
"이름을 불러줬다고?"
"맞소. 이제야 이름을 불러주는군요. 분명 그렇게 말했소."
모용천은 황지엽의 팔을 놓고 중얼거렸다.
"이름을 불러주었다… 그랬나, 그랬었나."
그랬다.
모용천은 남궁미인을 이름으로 부른 기억이 없었다. 기껏해야 양 부인이나 남궁 소저가 전부였다.
이름을 불러주지 않았던 것이 그녀에게 그리도 아쉬운 일이었을까? 꿈에 나타나 기뻐할 만큼?
"아니야."
모용천은 고개를 세차게 저었다. 아쉬운 쪽은, 못내 가슴에 남아 못 박힌 쪽은 남궁미인이 아니라 모용천 자신이었다.

"……."

모용천은 침상에 앉아 오랫동안 말이 없었다.

말이 없어도 정신이 돌아온 것 같기는 하다. 황지엽은 한숨을 쉬며 물었다.

"휴우. 어쨌든 깨어나서 다행이오. 몸은 좀 괜찮소?"

"…그러고 보니 내가 살아 있군."

모용천은 옷을 들춰 어깻죽지를 보았다. 새 살이 났는지 물린 자국을 한눈에 찾기 힘들었다. 모용천은 황지엽을 보며 물었다.

"내가 얼마나 누워 있었소?"

"누워 있기는 닷새쯤 되었고 깨어난 지는 열흘만이오."

"열흘? 그러고 보니……."

황지엽의 말을 들은 모용천은 그제야 자신이 있는 방 안을 둘러봤다. 방 안에 세간이라고는 침상 하나, 의자 하나가 전부였다. 게다가 창이 하나도 없어 지금이 낮인지 밤인지 분간하기가 힘들었다. 다만 구석에 걸어놓은 등불이 희미한 빛을 비치고 있을 뿐이었다.

"여기가 어디요?"

"여기는……."

황지엽이 막 대답하려는 순간, 문을 열고 한 노인과 한 청년이 들어왔다. 두 사람 모두 새하얀 옷을 입고 있었는데 오랫동안 해를 보지 못했는지 얼굴이 창백했다.

황지엽은 자리에서 일어나 포권의 예를 취했다.

"오셨습니까?"

노인도 마주 포권의 예를 취하고 고개를 들어 모용천을 바라봤다. 모용천을 보는 노인의 눈은 어쩐지 죽은 자를 보는 듯 묘한 빛을 띠고 있었다. 노인은 뒤따라 들어온 청년에게 말했다.

"내 지시대로 처방하였느냐?"

청년은 고개를 조아리며 대답했다.

"예."

"흐음……."

노인은 모용천의 맥을 짚으며 말했다.

"운기조식을 해보시게."

모용천은 진기를 일으켜 내력을 일주천했다. 열흘 만에 깨어났다던가? 내력은 몸 안을 돌며 그간 쌓였던 탁한 기운을 몰아냈다. 노인은 모용천을 흥미롭다는 듯 바라보며 물었다.

"어릴 때 복용한 약이나 영물이 있는가?"

"없소."

"흐음……."

노인이 심각한 표정으로 말이 없자 황지엽이 나섰다.

"왜 그러십니까? 뭐 잘못된 거라도 있습니까?"

"아니오."

노인은 짧게 말하고 자리에서 일어났다. 들어올 때부터 표정이 그리 좋지 않았던 노인은 등을 돌리며 약간의 짜증이 섞인 목소리로 말했다.

"해독의 후유증도 없고, 단전의 피해도, 진기의 손상도 없소. 며칠만 정양하면 데리고 나가셔도 될 것이오."

노인의 말을 듣고 나서야 모용천은 자신이 무슨 일을 당했었는지 새삼 떠올렸다. 사왕이 친히 지니고 다니는 뱀들이니 그 독성이 오죽할까? 깨어난 직후에도 중얼거렸지만 모용천은 자신이 살아났다는 사실이 놀라웠다.

모용천은 황지엽에게 물었다.

"내가 어찌 살아난 것이오?"

"그것이……."

황지엽은 잠시 머뭇거리며 대답을 꺼렸다. 그런 태도가 더욱 의심스러워 모용천은 황지엽을 다그쳤다.

"말해주시오. 어서."

황지엽은 저어하다 결국 입을 열었다.

"모용 형이 사왕을 베고 혼절한 직후 절창께서 나서셨소. 내공으로 독이 퍼지는 것을 억누르셨는데, 아마도 진기가 많이 상하셨을 것이오."

물론 절창 한 사람 덕분에 모용천이 살아난 것은 아니다.

어쩌면 절창보다 황지엽의 공이 더 크다고 해야 옳을지 모른다.

황지엽은 절창과 모용천을 싸잡아 한 번에 처리하고자 했던 진첩결의 의중을 짐작하여 적절히 대처했고, 옥화현청단으로 모용천의 구명(求命)을 도왔다. 더구나 이곳 무진총까지 따라와 혹시나 진첩결의 입김이 닿아 허튼수작을 부리는 건 아닌지 감시를 자청했다. 공의 크기를 따지자면 황지엽이야말로 모용천의 목숨을 살린 첫 번째 은인이라 해도 과언이 아닐 것이다.

그러나 사람은 때때로 공의 크기가 아니라 버려야 했던 것들의 무게를 따질 줄 알아야 한다.

황지엽은 자신이 모용천을 위해 했던 일들 대부분이 자신과 같은 자리에 있다면 누구나 할 수 있었을 일들이라고 생각했다. 반면 모용천이 쓰러지자 직접 나섰던 절창의 행동은 자신의 손해를 감수해야 하는 것이니 누구도 쉽게 따라할 수 없는 행동이라고 생각한 것이다.

모용천은 쓰러지기 직전의 상황을 머릿속으로 되풀이해 봤다. 중독된 상태에서 있는 대로 내력을 끌어올려 한 수를 펼쳤다. 기의 흐름이 빨라지면서 자연히 피도 빠르게 흘렀을 테니 독은 이미 온몸에 퍼졌을 것이다.

그런 상태에서 기소위는 중독의 위험도 아랑곳하지 않고

모용천을 구한 것이다. 더군다나 모용천은 정신을 잃었으니, 바깥에서 내력을 운용해 가며 온몸에 퍼진 독을 하나하나 놓치지 않고 포착하여 억눌렀다는 것은 대체 얼마만큼의 기력을 소모해야 하는지 짐작조차 가지 않았다.

"그럼… 지금 기 선배의 안위는 어떻소?"

황지엽은 고개를 가로저었다.

"나는 바로 모용 형과 함께 무진총으로 와서 잘 모르겠소. 제마성으로 복귀하시어 정양하고 계시겠지. 가벼운 중독 증세가 있었으나 공력이 워낙 심후하신 분이니… 괜찮을 것이오."

"무진총?"

황지엽의 말 중 익숙한 단어가 있었다. 모용천이 소리내어 말하자, 황지엽이 고개를 끄덕이며 설명해 주었다.

"그렇소. 이곳이 귀신도 살려 보낸다는 무진총이오."

"그렇다면 아까 그분이……?"

"그분이 무진총주 석공 어르신이오. 한데 왜 그러시오?"

황지엽의 말이 끝나기 무섭게 모용천은 자리에서 벌떡 일어났다. 황지엽도 놀라며 함께 일어나 물었다.

"무슨 일이오? 왜 그러시오?"

모용천은 주변을 둘러보며 혼잣말하듯 중얼거렸다.

"그럼 여기… 백파검이라는 분이 있겠군."

백파검 유호림.

절창 기소위로 하여금 명예를 버리고 마왕의 밑으로 들어가게 만든 자이며, 동시에 도야객 이서곤으로 하여금 명문정파의 서고를 털게 만든 자.

저 두 사람의 유이한 친구라는 것이 모용천이 아는 전부였다. 하지만 그것만으로도 모용천은 백파검 유호림에 대해 마치 오래전부터 알고 지냈다는 느낌을 받아왔다. 친구를 보면 그 사람을 안다고 하지 않았던가? 절창, 도야객과 어울려 다녔던 이라면 더 이상의 설명은 필요없었다.

"만나봐야겠소."

"뭐요?"

"백파검 말이오. 병석에 누운 모습이라도 한 번 뵈어야겠소."

모용천의 말에 황지엽은 머리가 다 아플 지경이었다.

'대체 무진총주가 어떤 사람인지 알고나 말하는 건가?'

무진총주 석공이 강호에서 으뜸인 것이 두 가지가 있는데 하나는 의술이요, 다른 하나는 결벽증이었다.

석공의 의술은 굳이 설명이 필요없는 경지였다. 시체가 아닌 이상 제외하고는 그가 살리지 못하는 병자는 없다는 식으로 인구에 회자되었는데 혹자는 그가 전설의 명의에 버금간다고도 하였고, 혹자는 이미 능가한다고도 하였다.

그러나 그 의술보다 유명한 것은 그의 괴팍한 성미로, 특히 지저분한 것을 극도로 혐오하는 결벽증이 대표적이었다. 그 외에도 사람 대하기를 싫어한다거나 네 발 짐승을 혐오하는 등 여러 가지가 있었지만 이는 모두 저 유난한 결벽증에서 파생된 증세라 해도 과언이 아니었다.

그래서 만들어진 것이 바로 이 무진총이었다.

석공은 평생 의술로 벌어들인 돈을 전부 투자해 이 거대한 지하 무덤을 만들었다. 이름 그대로 먼지 한 톨 없는 자신만의 공간을 마련한 것이다.

물론 없어야 할 것은 먼지만이 아니었다. 애초에 석공이 무진총을 만들고자 했을 때 그 목적은 자신의 존재를 세상에서 지우기 위함이었다. 석공은 사람 대하기를 싫어했지만 그의 의술을 원하는 이들은 너무나도 많았던 것이다. 하여 석공은 무진총을 만들어 그 안에 숨고 더 이상 환자를 받지 않을 생각이었다. 마왕이 석공을 필요로 하지 않았다면 아마 그 원대한 꿈은 이미 이루어졌을 것이다.

그러니 비록 석공이 마왕에게 굴복하여 그의 환자를 받고 있지만 속이 편할 리 없었다.

더구나 황지엽은 독단으로 모용천을 데려와 치료받게 하였는데, 그 과정에서 마왕의 명을 사칭하였다. 물론 이는 쉽게 들통이 났지만 석공은 특별히 그를 묵인하고 모용천을 무진총 안으로 들였다. 사왕의 독이 그의 관심을 끈 덕이었다.

이렇게 석공이 모용천을 깨어나자마자 내쫓지 않은 것도 감사해야 할 판국에 중병으로 누운 다른 환자를 보겠다니, 이게 씨알이나 먹힐 소리인가?

"모용 형이 본다고 뭐가 달라지겠소? 살아난 것만으로도 다행이라 여기시오. 어서 제마성으로 돌아가야지 않겠소?"

"돌아가는 것은 언제라도 할 수 있소. 하지만 이곳은 나가기는 쉬워도 들어오기는 쉽지 않으니, 내 꼭 백파검을 보고 기 선배나 이 선배에게 안부를 전해야겠소."

모용천의 고집도 보통이 아니었다. 황지엽은 결국 어느 쪽도 설득하기를 포기하고, 다른 방도를 찾기로 했다.

"안됩니다."

"그러지 말고 한 번만 부탁합시다. 총주 몰래, 딱 한 번이면 된다지 않소."

"총주님이 아시면 저는 그날로 죽습니다."

"그러지 말고!"

황지엽이 찾은 다른 방도는 무진총주의 제자 겸 수발을 드는 청년이었다. 오른쪽 눈밑에 사마귀가 난 청년의 이름은 기유붕. 나이는 스물일곱으로 황지엽보다 한 살이 더 많았다.

기유붕은 언뜻 스승을 닮아 말수가 적고 접근하기 어려워 보였다. 하지만 황지엽은 그것이 위장된 모습이라는 것을 며칠의 관찰을 통해 알아냈다. 이 또래의 청년은 스승에 의해 억눌린 생활을 힘겨워하고 있었다.

"왜, 왜 이러십니까?"

황지엽은 기유붕을 붙잡고 벽에 밀어붙였다. 개미굴처럼 복잡하게 얽힌 무진총의 복도, 일정 간격으로 매달린 횃불 아래 기유붕의 얼굴이 흔들리고 있었다.

황지엽은 기유붕의 목을 잡고 말했다. 평소 황지엽에게서 볼 수 없던 강압적인 모습이었다. 황지엽은 기유붕의 얼굴 가까이 다가가 목소리를 내리깔고 속삭였다.

"좋은 말로 할 때 안내해야 할 거야. 안 그러면 네놈이 이제껏 무슨 일을 해왔는지 무진총주에게 다 고할 테니까."

황지엽은 슬그머니 마천상야공을 일으켰다. 검은 기운이 점점이 피어올라 기유붕의 코와 입가를 둘러쳤다. 졸린 목도 목이거니와 마천상야공의 기운이 호흡을 방해한다. 기유붕은 괴로운 표정으로 힘겹게 대답했다.

"제, 제가, 무슨 일을 해… 왔다고 그러십니까? 커헉!"

황지엽은 기유붕을 벽에 밀어붙인 그대로 누르며 얼굴을

뗐다. 본디 기유붕보다 머리 하나는 더 큰 황지엽이었다. 횃불을 뒤에 이고 내려다보는 황지엽의 얼굴에 음영이 드리웠다.

"무슨 일을 했는지는 내 마음에 달린 거지. 내가 누구의 아들인지 생각해 보면 알 텐데?"

기유붕의 얼굴이 사색이 되었다. 황지엽의 누구의 아들인가? 마왕 황종류의 아들 아닌가! 지금 황지엽의 말은 자신이 마음만 먹으면 하지 않은 일도 했다고 만들 수 있다는 협박이었다.

기유붕은 잔뜩 겁먹은 얼굴로 대답했다.

"저, 정말 보기만 하실 겁니까?"

기유붕의 태도가 한 풀 꺾이자 황지엽은 웃으며 말했다.

"나나 모용 형이나 기 선배와 절친한 사이인데 설마 병자에게 해코지를 할까? 안심하고 안내하시오. 이 일은 내 무덤까지 가져갈 테니."

"그, 그럼……."

황지엽은 기유붕을 일으켜 앞장세웠다. 기유붕이 등을 돌리자 황지엽은 눈을 질끈 감으며 고개를 저었다. 스스로 생각해도 어울리지 않는 짓을 한 것이다. 이런 협박은 큰 형인 황무기에게나 어울리는 게 아닌가.

기유붕과 함께 모용천을 데리러 가면서 황지엽은 자신이

왜 그를 위해 이렇게까지 수고를 하는지 고민에 빠졌다.

 마음에 둔 여인이 아버지의 정혼자라는 사실만으로도 충분히 괴롭다. 그 여인을 정인이라며 찾으러 온 모용천이니 황지엽의 입장에서는 찢어 죽여도 시원찮을 놈이다. 게다가 그는 지난날 황지엽에게 패배를 안겨준 원수가 아니던가?

 그러나 황지엽은 아무리 그런 식으로 자신을 유도해 가도 모용천을 미워할 수 없었다. 기다리고 있을 모용천에게로 기유봉을 데리고 가며 황지엽은 생각했다.

 '나는… 그자가 돌아가 그녀를 구해주었으면 하고 바라는 건가?'

 불경한 생각이다. 황지엽은 허공에 손을 저으며 품었던 생각을 마음에서 몰아내려 했다. 그러나 한 번 고개를 쳐든 생각은 쉬이 나가려 하지 않았다.

 백파검의 병실은 무진총에서도 가장 깊은 곳에 박혀 있었다. 미로 같은 복도를 몇 번이나 꺾어서 도착하였으니 기유봉의 안내가 없으면 되돌아가지도 못할 그런 곳이었다.

 "……"

 백파검을 본 모용천은 할 말을 찾지 못해, 그저 바라볼 수밖에 없었다. 애초에 모용천은 백파검이 병에 걸렸다는 식으로만 이야기를 들었지, 어떤 병에 걸려 어떤 모습으로 투병을 하는지는 몰랐던 것이다.

침상에 누워 있는 백파검에게 한때 강호를 호령했던 고수의 모습은 전혀 찾아볼 수 없었다. 사지가 멀쩡히 붙어 있었지만 거죽만이 남아 오히려 없느니만 못할 것 같았다. 황지엽도 참혹한 광경에 놀라 한 걸음 뒤로 물러나 있었다.

모용천은 한참 동안 백파검을 바라보다 기유붕에게 물었다.

"이 병 이름이 대체 무엇이오?"

"정확히 어떤 병이라고 명명되어 있지는 않습니다. 의서에 따르면 백만 명에 한 명 꼴로 걸리는 희귀한 병이라고만 되어 있는데, 스승님께서는 편의상 '백파' 라고 부르십니다."

"증세가… 정확히 어떻게 되오?"

기유붕은 조심스레 모용천과 황지엽의 눈치를 살피며 말했다.

"보시는 바와 같습니다. 특별한 증세도, 원인도 없습니다. 그저 어느 날부터 전신에 힘이 빠지더니 사지를 마음대로 쓸 수 없게 되지요. 처음에는 손발이 그렇고, 병이 진행되면 오장육부가 차례로 움직이지 않게 됩니다. 하지만 그전에 먼저 폐가 움직이지 않아 숨을 쉬지 못해 죽게 되지요. 희귀할뿐더러 실로 무서운 병입니다."

"……."

 세상에 많은 병이 있다지만 그런 병은 들어보지도 못했다. 백만에 하나라니, 그게 왜 하필 백파검이란 말인가? 오랜만에 스승이 아닌 자와 의술에 관한 이야기를 하는 게 신선했는지 기유붕은 묻지도 않은 이야기를 술술 풀어냈다.

 "이 병의 가장 무서운 점은 병자가 죽을 때까지 정신만큼은 온전하다는 것입니다. 또렷한 정신으로 사지가 움직이지 않고 몸의 각 부위가 멈춰가는 것을 느끼는 기분이 어떻겠습니까?"

 "그러면 백파검께서는 아직도 정신이 온전하단 말이오?"

 "그거야 당사자가 아닌 한 알 수 없습니다. 저라면 아마 그 전에 미쳐 버렸겠지요."

 황지엽의 협박에 잔뜩 위축되어 있던 기유붕은 여유를 찾았는지 슬며시 웃었다. 하지만 이건 웃으며 할 수 있는 이야기가 아니잖은가.

 "듣거나 볼 수도 없습니까?"

 "눈과 귀의 기능은 마지막까지 유지된다고 합니다. 그게 축복일지는 잘 모르겠지만… 아마 지금 제 말도 다 듣고 계실 겁니다."

 기유붕의 말을 들은 모용천은 백파검에게 다가갔다. 과연 백파검은 눈을 뜨고 있었다.

모용천은 그에게 감히 뭐라 말하지 못하고 가만히 손을 잡았다. 앙상하니 뼈만 남은 손은 유 총관의 것보다 더 야윈 것 같았다. 이렇게 야위어가는 친구를 두고, 절창과 도야객이 느꼈을 무기력감이 새삼스러웠다. 누구의 선택이 맞고 누구의 선택이 틀린 것이 아니었다. 두 사람은 백파검을 살리기 위해 그저 자신이 할 수 있는 최선을 택했을 뿐이다.

"…제 말이 들리십니까?"

모용천은 손을 잡은 채로 물었다. 대답이 돌아올 리 없음을 알고 있지만, 어쩐지 말을 걸어야 할 것 같았다.

"……."

당연히 대답은 돌아오지 않았다. 모용천은 그렇구나, 하며 손을 내려놓았다. 그런데 손을 제자리에 놓은 모용천의 눈에 무언가가 들어왔다. 백파검의 눈동자였다.

백파검의 눈동자가 움직이고 있었다. 모용천은 기유붕에게 물었다.

"눈동자가 움직이는군요?"

"말씀드리지 않았습니까? 눈과 귀는 마지막까지 기능을 한다고 합니다. 물론 실제로 보는지 어떤지는 모르겠지만."

그렇습니까? 하고 넘어가려던 모용천의 눈에 백파검의 눈이 자꾸만 밟혔다. 표정을 짓는 근육조차 굳은 얼굴 속에서, 움직일 수 있는 것이 눈동자뿐이기 때문일까? 백파검의 눈동자는 자신이 살아 있음을 증명하듯 한 곳에 멈추는 법이 없었다.

모용천은 측은한 마음에, 다시 한 번 물었다.

"제 말이 들리십니까?"

백파검의 눈동자가 잠시 멈추더니 다시 움직였다. 모용천은 더욱더 안타까운 마음에 백파검의 눈을 들여다봤는데, 무언가 묘한 느낌이 들었다.

백파검의 눈동자는 한참을 움직이고 멈추고, 다시 움직이고 멈추기를 반복하였다. 그런데 그 눈동자의 움직임이 어쩐지 일정해 보이는 것이다.

"그만 가시지요. 오래 있는 것은 병자에게도 독이 됩니다."

기유붕이 재촉했다. 황지엽도 그 말이 옳다 생각하고 나가려는데, 모용천이 입을 열었다.

"잠깐, 잠깐만 기다리시오."

모용천은 나가려는 두 사람을 붙잡고, 다시 백파검에게 물었다.

"정말 제 말이 들리십니까?"

"……"

백파검의 멈춰 있던 눈동자가 움직이기 시작했다. 백파검의 눈동자는 무언가를 그리고 있었다.
"그렇다[是]……."
"뭐라 하셨습니까?"
모용천의 말을 제대로 듣지 못한 기유붕이 다가와 물었다. 모용천은 잠시 백파검을 바라보더니 그에게 되물었다.
"이 병은 정녕코 고칠 수 없는 병입니까?"
"그렇다 하지 않았습니까? 까마귀 고기를 삶아먹었나, 물어본 걸 묻고 또 묻고 그러는 이유가 뭡니까?"
"……."
모용천이 뭐라 중얼거렸으나 이번에도 기유붕의 귀에 제대로 들리지 않았다.
"예? 지금 뭐라고… 커헉!"
가까이 다가간 기유붕이 비명을 질렀다. 갑자기 모용천이 돌변하여 기유붕의 목을 잡은 것이다.
모용천은 기유붕의 목을 잡고 들어 탁자 위에 내동댕이쳤다.
카카캉!
탁자 위에 있던 약재며 탕약들이 깨지고 엎어지며 큰 소리를 냈다. 황지엽이 놀라 소리쳤다.
"모용 형!"

모용천의 얼굴이 귀신처럼 무섭게 일그러져 있었다. 모용천은 손을 들어 황지엽에게 다가오지 말라 손짓했다. 모용천은 기유붕의 목을 쥔 채 금방이라도 목뼈를 부러뜨릴 듯 험악한 얼굴을 하고 있었다.

"미쳤소? 갑자기 왜 그러는 거요! 이러다 총주가 알기라도 하면……?"

모용천은 대꾸하지 않고 손가락을 어깨 뒤로 가리켰다. 손가락이 가리킨 곳에는 백파검이 연신 눈동자를 굴리고 있었다. 황지엽이 물었다.

"여기 뭐가 있다는 거요?"

"그분의 눈을 잘 보시오!"

모용천의 격앙된 목소리가 심상치 않았다. 저런 자였던가? 황지엽이 놀랄 만큼 모용천은 날 선 감정을 여과없이 드러내고 있었다. 황지엽은 다시 백파검의 눈을 잘 들여다봤다.

"……!"

잠시 백파검의 눈을 보던 황지엽은 소스라치게 놀라며 모용천을 바라봤다.

"이건……?"

모용천은 별다른 대답 없이 그저 고개를 끄덕였다. 다시 돌아본 황지엽의 눈에 백파검의 눈동자가 움직이는 길이 글이 되어 떠올랐다.

거짓말이다[是謊言].

백파검은 눈으로 말하고 있었다.

『천검무결』 6권 끝

대사부

임영기 新무협 판타지 소설

大邪夫

천하제일 사고뭉치며 천하제일 기세를 지닌
천하제일 사파 후계자가 천하제일 문파를 계승하여
천하제일 성녀와 사랑하고
천하제일 거대 음모와 맞선다.

大邪夫

"누구든지 덤벼봐. 내가 바로 기개세야.
천하제일 기개세 말이야."

- 유행이 아닌 자유추구 -
WWW.chungeoram.com
Book Publishing CHUNGEORAM

검의 길을 걷길 원했지만, 태생적인 한계로
꿈을 접어야 했던 치유사 랑스.
그러나 결코 접을 수 없었던 지고(至高)의 꿈을 위해,
자신이 가진 모든 재능을 이용해 최강의 적과 맞서 싸운다!

총탄과 포탄과 마법이 난무하는 전장의 한복판을 지배하는 최강의 전력 기사!
그런 기사에 맞서기 위해, 랑스는 금지된 힘에 손을 대고야 마는데…….

과학과 문명이 발달된 새로운 판타지의 전쟁!

THE PANDORA COMPANY
PANDORA
판도라

류승현 퓨전 판타지 소설

유행이 아닌 자유추구 -
WWW.chungeoram.com
Book Publishing CHUNGEORAM

제국 帝国
무산전기

허담 新무협 판타지 소설

신황 단목천의 전무후무한 무림제국이 홀연히 붕괴한 후 삼백 년,
강호의 혼란을 종식시키고자 새롭게 등장한 무산(武山) 천의맹!
그 천의맹에 대변혁의 바람이 분다.

신황 단목천의 영광을 재현하려는 무림의 영웅들!
과연 새로운 무림제국은 다시 탄생할 수 있을 것인가?

그 혼란의 폭풍 속으로 독각수 적풍이 걸어 들어간다.
적풍과 함께 떠나는
파란만장한 강호의 대서사시!

www.chungeoram.com
Book Publishing CHUNGEORAM